D'aquí no marxaré mai

Guillem Albà

D'AQUÍ NO MARXARÉ MAI

La Campana

Paper certificat pel Forest Stewardship Council®

MIXT
Paper procedent de fonts responsables
FSC® C117695

Penguin Random House Grupo Editorial

Primera edició: març del 2023

Printed in Spain — Imprès a Espanya

ISBN: 978-84-18226-75-5
Dipòsit legal: B-741-2023

Compost a M. I. Maquetación, S. L.

Imprès a Romanyà Valls, S. A.
Capellades (Barcelona)

CA 2 6 7 5 5

Acceptar que s'ha acabat

Em desperta l'olor de xocolata desfeta que l'àvia està preparant a la cuina. Hi ha olors que em desperten, per molt que vulgui seguir dormint, com la de pa torrat.

L'àvia fa estona que remena la xocolata perquè ja arriba l'olor a l'habitació.

Sento el soroll d'unes claus obrint la porta. És l'avi, que arriba de comprar xurros al mercat.

És diumenge al matí i soc a casa els avis.

Com cada diumenge que em desperto a casa seva, seiem a la taula, obrim la paperina i comencem a sucar i menjar.

El sol entra per la finestra.

Soc petit, i no em cal pensar en res més que sucar un xurro a la xocolata desfeta i posar-me'l a la boca. Els avis em cuiden, acaba de començar un diumenge i la setmana que ve en començarà un altre.

Ara soc davant la mateixa taula, amb alguns problemes més en què pensar, i no recordo quin va ser l'últim cop que vaig menjar xurros.

Hem vingut a casa els avis per buidar-la i per repartir-nos tot el que hi ha, perquè la vendrem.

L'avi va morir fa un parell de setmanes. L'àvia, fa un parell d'anys.

El dia que vam enterrar l'àvia, després de la cerimònia i de dinar amb la família, vaig acompanyar el meu avi a casa. Vam entrar i jo només pensava en com s'ho faria per dormir aquella nit, amb tota la casa plena d'ella: la roba, les fotos, les coses del bany, el llit... Quan jo ja marxava, abans de tancar la porta, em va dir: «Bueno, saps què? Miraré alguna pel·li. Com que a ella no li agradava..., doncs aprofitaré per mirar pel·lis».

Un cop més, el meu avi buscant el costat positiu de les coses. Fins i tot aquell dia. Un cop més, acceptant el que hi havia. Un cop més, tirant endavant sigui com sigui.

Mentre tornava cap a casa no parava de pensar en com s'ho faria per aguantar allò. I si jo, algun dia, seria capaç de gestionar una situació com aquella.

Haver viscut seixanta anys amb la mateixa parella (cosa que ja és matemàticament impossible, per mi), i després, de cop, saber que a partir d'ara dormiràs sempre sol al llit que has compartit tots aquests anys. I llevar-te, i seguir vivint.

L'endemà en aquella casa, l'avi es va llevar sense l'àvia. No sé com es fa, no sé com ho va fer.

Però també havia aguantat quan, amb només tretze anys, havia hagut d'ajudar a tirar la família endavant. Una família amb dues germanes petites, una mare sense feina i un pare a la presó. Després us ho explico.

Un parell de mesos després que morís l'àvia, vam improvisar un dinar en una terrassa. Va coincidir que era un 8 de març, i va ser bonic veure l'avi somriure, assegut en un banc de la rambla, mentre veia passar la manifestació.

Tornant del dinar es va marejar i li va agafar una d'aquelles «penjades» que a partir de llavors s'anirien repetint. Aquell dia, tots espantats, no sabíem què fer al mig del carrer, quan va començar a fer sorolls estranys i no es movia. Ens vam espantar moltíssim.

—Truquem a l'ambulància!

—M'emporto aquests dos a jugar a casa —vaig dir jo, referint-me al Henri, el meu cosí petit, de sis anys, i el seu germà Quim, una mica més gran.

Un acte reflex que a tothom li va semblar molt bé, allunyar els dos petits d'aquella situació estranya.

Em va sortir sense pensar-hi: sobretot, perquè ells dos no veiessin allò que ningú volia veure. I si us soc sincer, ho vaig fer per ells, però també per mi, perquè tampoc sabia com gestionar-ho. Només marxar, el Henri em va dir tranquil·lament:

—Pensava que s'havia morit.

I, evidentment, és el que vam pensar tots, però ningú ho va dir, perquè ja no érem nens. Després va resultar que «no era res». Aquelles «penjades» van seguir passant de tant en tant, fins al punt que un metge ens va dir que si tornava a passar no calia que truquéssim a l'ambulància, que ja es despertaria tot sol; i, si no es despertava, és que ja no hi havia res a fer. Caram. Quina sang freda ens demanen als adults.

Així és com vaig entendre que al meu avi li passava com als iPhones, que de tant en tant es pengen. I que un dia una d'aquelles parades seria l'última. Amb la diferència que ja no em podria comprar un altre avi més nou.

I un dia es va apagar, i ja està. Sense patir, sense dir res.

Amb noranta-sis anys a punt de fer i amb el cap ben clar. Crec que no es pot demanar res més que marxar tranquil.

Avui hem anat a buidar la casa.

Hi érem tots. Us explico qui som tots. La família per part de mare és petita i fàcil d'explicar. Per part de pare, necessitaria tres llibres.

El meu avi i la meva àvia van tenir dues filles i un fill, i cadascú va tenir dos fills.

Sempre hem estat tots molt junts, fent tot el que s'havia de fer. Per Nadal, per la Mona, per Cap d'Any, per festa major... I amb qualsevol excusa que ens servís per ajuntar-nos i riure de com s'atabalava l'àvia, jugar al Trivial (que si l'avi anava al teu equip, sabies que podies guanyar) o discutir de política amb passió, a vegades massa. Que com em va dir l'avi un cop quan jo era petit: «Ens discutim perquè tots som d'esquerres». No ho vaig entendre fins al cap d'un temps.

Recordo els dinars familiars a casa els avis. Es van instaurar quan va néixer el primer net (el meu germà). Anaven al mercat, compraven peix i feien un arròs. Cada dissabte, tothom a casa seva a menjar arròs.

Quan vaig néixer jo, van haver de començar a muntar els cavallets per fer la taula més gran. Durant molt de temps el menú va ser sempre el mateix, fins que van venir més nets i a un no li agradava això i a l'altre no li agradava allò. Llavors l'àvia volia preparar cada cop més plats diferents. Per a aquest macarrons, per a l'altre carn arrebossada... I de mica en mica, el menú es va anar complicant i tenia més i més plats, fins que els avis ja eren massa grans i era un embolic massa gran.

A l'àvia li agradava ajuntar-nos, era feliç quan fèiem coses junts.

Ma mare encara riu quan recorda un dia de Carnaval que, sent adolescent, va portar un grup d'amics a casa. «Que vinguin a dinar», va dir l'àvia. Era el dia de la xatonada, i a Vilanova és típic menjar merenga per postres i tirar-la a la cara d'algú. Ma mare amb tots els amics al voltant de la taula i l'avi que, sense avisar, va ser el primer a tirar una merenga. I evidentment, després d'al·lucinar i de riure, tots es van animar i van començar a volar merengues pel menjador fins que van acabar pujant al terrat i va començar una guerra d'aigua amb la mànega. I vinga pujar i baixar les escales, i vinga aigua amunt i avall, i el terra de casa cada cop més xop.

L'avi no ho podia dissimular. Aquestes coses li encantaven.

L'àvia, crec que feia el paper que ja sempre li vam adjudicar. Es queixava i deia que la marejàvem, amb tanta cridòria, però també li encantava. Si estàvem junts i ens ho passàvem bé, és el que més li agradava.

El cas és que som una família que ens agrada estar junts.

L'endemà que morís l'avi, vam improvisar un dinar plegats, un cop més, per fer pinya. El primer sense l'avi i l'àvia.

En acabat vam començar a escriure entre tots un text sobre l'avi per llegir-lo a l'enterrament, però jo no parava de pensar que el que estàvem dient no estava a l'altura del que havia sigut l'avi. Era com una llista de coses que li agradaven, i ja sabíem de sobres el que li agradava! Per a qui ho fèiem, allò? No ho fèiem per a nosaltres, sinó per a la gent que vindria.

A més, qui ho llegiria? Ningú es veia amb cor de parlar a la cerimònia. Sempre se'm fa estrany aquest moment en què estàs trist i de cop has d'actuar. Jo em dedico a fer teatre, i en aquell moment vaig pensar: «Ara també he d'actuar?! Acaba de morir l'avi i hem d'escriure un text, intentant que quedi maco, i després fer el cor fort a la cerimònia i llegir-lo davant d'un públic? Per qui ho fem, això?».

Vaig proposar a la família de fer alguna cosa nosaltres sols, sense gent. Els va semblar bé i vam decidir que, en comptes de fer un acte al tanatori, faríem un dinar, que era el que li hauria agradat a ell. Fer una barbacoa, jugar al Trivial... Estar tots junts.

A això sí que li trobava sentit. Vam fer un dinar com li hauria agradat a ell. I va ser llavors quan vam decidir que s'havia d'anar a buidar la casa i que seria més bonic fer-ho plegats.

I ha arribat el moment. N'hi ha que ja havien vingut abans, sols. Jo encara no m'hi havia atrevit.

El Henri, el meu cosí petit, abans de pujar les escales ha dit (sense fer broma i no sé fins a quin punt s'ho imaginava de veritat). «Us imagineu que pugem i hi ha l'avi i l'àvia dinant?».

És estrany i bonic alhora. Imagineu-vos la cara dels adults quan hem sentit això, pujant les escales de casa l'avi amb la pena d'haver-lo enterrat fa pocs dies. A veure qui troba la resposta.

Aquests dies m'he adonat que tot és més fàcil de portar quan hi ha un nen petit a qui no li importen la pena i les convencions socials. Tant l'endemà, dinant, com el dia del tanatori, com avui, que hem vingut a buidar el pis, un nen com el Henri, que fa broma tota l'estona i que juga, és el millor per treure ferro a la situació i fer que tots riguem. I en moments així, riure ajuda.

Hem passat tot el dia a casa seva obrint armaris, àlbums i calaixos, i no hem parat de trobar coses. Les que ja sabíem, i més. Ens hem de repartir els quadres, hem dit. Que cadascú triï el que més gràcia li faci. Una de les coses que més li agradava a l'avi era pintar. Amb aquarel·les, amb oli, amb llapis... i pintar de tot: vanos, punts de llibre o qualsevol tros de cartró que tingués a mà, però sobretot quadres. Després els construïa un marc amb qualsevol tros de fusta que havia trobat.

Sempre guardava materials i objectes de tota mena per donar-los després una nova vida. Li encantava tot allò que fos manual i hi tenia traça. Tinc moltes coses en comú amb ell, però això d'inventar, construir i arreglar coses amb les mans no és el meu fort.

El cas és que casa seva, a part de quadres, està plena de mil invents, motors, eines, ràdios, màquines per arreglar, molts llibres, cintes de casset i de vídeo, pinzells... I un puzle a mig fer.

Hem començat a buidar calaixos i a repetir-nos els quadres, però ningú s'atrevia a tocar el puzle. Durant hores l'hem anat evitant, fins que hem decidit fer el pas.

Acceptar la mort és entrar en una casa on fins fa poc hi vivia algú i desfer aquell puzle que ha deixat a mitges i que saps que feia tant de temps que estava intentant fer. La vida es para en algun moment, hagis acabat el puzle o no.

Els últims temps, l'avi no parava de donar-me coses. «No t'has llegit aquest llibre? Agafa'l», «Quan vinguis a casa et donaré una pel·li que tinc». D'alguna manera, volia que tot allò que ell tenia, continués tenint vida. Conscientment, s'ho anava traient de sobre. «Ja no m'hi cap res més», vaig dir un dia a ma mare, i em va fer un gest que vaig entendre perfectament i que volia dir: «Agafa-ho, pel que li queda a l'avi...».

Era un gest bonic. A ell li feia il·lusió que jo ho acceptés. Això era l' important, no si jo tenia espai a casa o no.

Tot i així, m'he emportat moltes coses, entre elles llibretes plenes de dibuixos i molts llibres —tot i que sé que no tindré lloc per guardar-los—, roba seva que no sé si em posaré, discos, una llibreta on apuntava acudits i que he descobert avui, i, evidentment, molts quadres, sobretot els de mar, roques i postes de sol. I l'Olivetti. La coneguda màquina d'escriure!

He arribat a casa meva i m'he posat a endreçar totes les coses que m'he endut. Miri on miri, veig un quadre seu. M'he posat música de fons de la que ell escoltava. He triat Louis Armstrong, que tants cops l'havia sentit en alguna casset, a un volum tirant a alt, quan anava a veure l'avi a casa.

M'he assegut a la taula i he decidit agafar l'Olivetti i posar-me a escriure això que esteu llegint.

¡Acción!

—Està filmant ya?

—Sí, sí.

Faig picar una claqueta feta amb dos trossos de fusta i ell tot sol diu: «¡Acción!».

—Vaig néixer a Alcázar de San Juan el 18 de juny de 1925. El meu pare era maquinista. A Alcázar hi havia un dipòsit, com aquí a Vilanova, i com que él treballava allà, jo vaig néixer allà.

Fa quatre anys vaig quedar amb el meu avi i el vaig gravar durant unes quatre hores. Volia que m'expliqués la seva vida. Ell sempre m'havia anat explicant coses, però jo en volia saber més.

Ja feia molt de temps que el volia gravar, però no trobava mai el moment, i no parava de pensar: «Si mor i no ho he fet, me'n penediré».

Entre que no sabia ben bé amb què gravar-lo i que em feia vergonya demanar-l'hi, no m'hi decidia mai.

Em vaig treure de sobre la por que tenia, fins que un dia em vaig atrevir a proposar-l'hi. Li va fer il·lusió i de seguida vam buscar el dia. «Ja vas tard, vaig pensar». Encara va viure quatre anys més.

En aquella gravació em va explicar com va viure la guerra; com, sent d'un poble de la Manxa, va acabar a Vilanova, i va conèixer l'àvia, i entre moltes altres coses, li vaig preguntar si tenia por.

No he tornat a mirar ni un minut del que vaig gravar i ja han passat gairebé cinc anys. Durant tot aquest temps la família m'anava recordant que els ho havia d'ensenyar, però sempre ho anava posposant. No volia tornar-ho a mirar, i crec que sé per què. En un moment de la conversa, l'avi es va posar a plorar. No l'havia vist mai així. Potser us sembla una ximpleria, però allò em va deixar tocat. Tant, que sempre m'ha fet cosa mirar-ho, per no haver de reviure aquell moment.

No em pregunteu per què, però just avui, que acabo de tornar de buidar casa seva, sento que és hora d'escoltar-ho. No us enganyaré, sé que veure'l en vídeo ara mateix seria massa precipitat, massa estrany. Sentir-lo serà una mica més fàcil, i aniré transcrivint tota la conversa. Tota, sencera, tal com ell parlava. Amb el seu català de la Manxa.

—Què recordes de quan eres petit?

—Los primers records de petit que yo tinc, potser són a los sis, set anys.

»Tenia un professor, que va ser el únic que vai tenir. Unos sis anys, a tots los cursos, con Don Cristóbal del Río. Un professor excel·lent. Ara li han fet un carrer, a Manzanares! El carrer Don Cristóbal!

»Guardo un record grandiós d'aquella escola i dels companys. I ja te dic que aquell mestre, jo no me'l trec del cap, jo sempre penso en él, porque és que ens va ensenyar tantes coses, aquel home!

Tot això, en una escola on nens i nenes estaven barrejats.

—Era una escola mixta! Pel temps que era, allò era avançat!

—No era normal, no?

—No era normal. Però aquella acadèmia ho feia. Como no era normal que hagués una escola laica, però aquella escola lo era.

—No ensenyaven religió, llavors?

—A mi mai em van ensenyar religió, en cap cole.

—I la família?

—No! El meu pare, què va! Res de res. La meva mare havia viscut davant d'una ermita, San Antón, i ella deia que de petita anava a missa, però després, quan va succeir lo del meu pare, la guerra i tot això... Ella ja... nah!

És a dir, que la seva mare li havia trobat sentit fins que va veure que la vida s'anava torçant, i devia dir: «A mi no em surten els números. Jo vinga resar, i no paren de passar-me desgràcies». Però això vindrà més tard, de moment el que m'està explicant l'avi és d'abans de la guerra.

—Jo no em puc queixar, porque un maquinista estava ben pagat. El meu pare guanyava peles i vivíem molt bé. A casa se vivia bé, i se menjava bé. Molt bé. Per criar les meves germanes, ma mare va tenir una noia que l'ajudava i tot.

»Vam tenir ràdio! A l'any 34 el meu pare va comprar una ràdio! Que allavons, ràdios no n'hi havien a cap puesto, i venia gent a casa per escoltar-la, porque era una excepció tenir una ràdio.

El seu pare, el Francisco, a qui li deien Paco, va començar treballant de fogoner i més tard el van ascendir a maquinista. M'agrada pensar que el meu besavi treballava del que he vist a totes les pel·lícules de la gent que admiro, com el Chaplin, el Buster Keaton o els Hermanos Max. «¡Más madera!».

No tinc records d'ell. Va morir quan jo tenia un any, però he sentit moltes històries seves. Sempre m'ha enamorat l'anècdota del dia que es va jubilar. «En Reus, que todavía se acuerdan de mí», deia ell.

L'últim dia de feina, va arribar a l'estació amb el tren, els passatgers van baixar, i, com que eren les dotze en punt de la nit, i tècnicament ja s'havia acabat el dia, va decidir deixar el tren allà al mig. Per molt que li recordessin que havia d'anar-lo a deixar a una via morta, va dir: «Aquí lo dejo». Després de tota la vida treballant, fer això deu ser un gustàs. És una anècdota, però sempre m'ha fet gràcia saber això del meu besavi.

Molts anys abans d'aquell moment, quan treballava sense parar a l'estació d'Alcázar de San Juan i va néixer el seu fill, és a dir, el meu avi, el Paco va decidir demanar un trasllat de sis mesos a Manzanares, on hi tenia tota la família. Després dels sis primers mesos va anar demanant pròrrogues i amb la broma hi van viure gairebé set anys. Els primers set anys del meu avi. Encara n'hi quedarien uns noranta per viure.

Allà s'estaven a casa de l'àvia del meu avi, que feia pantalons («Pantalonera, que deien llavons») i havia quedat viuda amb cinc fills. L'avi, doncs, no va arribar a conèixer mai el seu avi. Només sabia que era destil·lador d'alcohol («Que llavons era una categoria maca»).

—Al costat tenia una casa de una gent molt pobra, ara hi pensava. Hi havia un nano, que me acuerdo que li dèiem Paquillo, y yo, a vegades, al tornar del cole, lo passava a buscar i entrava a casa seva: «Què, Paquillo, anem?». I veia com la seva mare li posava un bol de cafè. Cafè! «Café de recuelo», que li deien, que lo filtraven con un mitjó (semblant a un mitjó). Feia cafè un dia, los posos del cafè los tornava a filtrar el dia següent, i així li durava tota la setmana.

»I a dintre le posava pa, i aquell nano se menjava aquello. Per això et dic que hi havia cases que les passaven magres.

»Jo no em puc queixar. Hasta inclús a vegades me donaven cinc o deu cèntims! Passava per davant d'una panaderia i me comprava un llonguet petit, pel col·legi.

»O a vegades, quan estava al col·legi i fèiem recreo, que deien, com que estàvem molt a prop de la plaça onta se feia el mercat, et deixaven sortir al carrer, no havia límite, i s'anàvem a una xurreria que estava allí. A aquella hora ja no en cuinaven, però quedaven allà trossets de lo que havien anat tallant, i deies: "¡Deme cinco céntimos de trozos!". I escolta, menjàvem tres o quatre, con los xurros que te donaven, saps? Però jo no ho feia per fam, no. Era por el plaer de "voy a menjar xurros, avui!".

Segona vegada que surten els xurros en aquest llibre.

—A casa meva vam estar molt bé, molt bé. I no vam tenir cap problema fins que no... va arribar. Tenia onze anys i estava a punt de fer batxillerat. L'any 37 havia de fer batxillerat, però el 36 esclata la guerra i... bueno, ya... s'acaba tot.

Hauria sigut romàntic, però tinc pressa

Hauria sigut molt romàntic explicar la història del meu avi amb la màquina d'escriure que feia servir ell, però, per molt que m'hi esforci, soc d'una altra generació i portem ritmes molt diferents. Ho he intentat i he començat escrivint amb l'Olivetti, però com que esteu llegint el llibre imprès no us heu adonat que fa estona que l'he deixat aquí al costat i escric amb l'ordinador.

El ritme amb què ell escrivia a màquina i el ritme al qual jo m'he acostumat no tenen res a veure. Fa anys, segur que no haurien pogut imaginar aquesta diferència. El cap em va molt més ràpid que l'Olivetti i em posa una mica nerviós haver d'esperar que es mo-gui ca-da-te-cla que pre-mo. A més, amb l'ordinador em puc permetre tirar enrere mil cops i esborrar i esborrar i refer la frase una vegada i una altra. Amb la màquina d'escriure has de tenir les idees molt més clares. No et pots equivocar: això és el que penso, ho escric sense dubtar i queda bé. Jo ja m'he acostumat a poder refer les frases mil cops.

O abans ho tenien tot claríssim, o bé llençaven a la brossa molts més papers. O potser és que no dubtaven perquè no es podien permetre esborrar el que havien escrit. I com que ara sí que pots, dubtes més.

Una de les coses curioses i boniques que té això d'escriure un llibre és que jo us dic que estic escrivint això des de casa, amb l'Olivetti al costat, i vosaltres us ho creieu, però resulta que precisament aquest paràgraf l'estic escrivint des d'un avió. I, tot i que us podria seguir mentint, em ve de gust ser sincer. Encara no hem arribat a aquest moment de la història, però el meu avi va trigar dos dies per venir del seu poble fins a Vilanova amb tren. Jo estic en un avió que acaba de sortir d'Estocolm i d'aquí a tres hores seré a Barcelona. Estic escrivint amb un ordinador portàtil mentre escolto música amb uns auriculars sense fil.

Hauria sigut divertit veure la cara de l'avi quan era un nen si li haguéssim pogut explicar com seria el món quan ell fos gran.

Fer vida al carrer, jugar i anar al cine

La majoria de les històries que m'havia explicat l'avi eren d'Alcázar de San Juan. És el poble on va viure més coses. M'he imaginat molts cops com deu ser i espero anar-hi algun dia. Dels seus primers set anys de vida, abans que marxessin de Manzanares, en sabia menys coses. Per això vaig aprofitar per preguntar-li de tot i perquè m'expliqués com era la seva vida de petit.

—I com era el dia a dia?

—Tingues en compte que havia cole tots los dies de la setmana, eh? Inclús el dissabte. Sortíem del col·legi, i a jugar al carrer. La vida era en el carrer, sempre al carrer. Però no yo, to los nanus. Al carrer a jugar a lo que fos. Igual fèiem batalles de pedres, fèiem grups i ens tiràvem pedres los uns a los altres, igual anàvem a caçar lagartijas o s'anàvem por el camp que estava a prop a buscar unes baines que eren como pèsols que sortien... És la vida que fèiem! Joguines? Cap. Les joguines... llaunes de sardines, caixes de sabates, pilotes de drap, un pal... qualsevol cosa era una joguina. Jo, la primera joguina que vai tenir, va ser després de la guerra!

»La gràcia era idear-se-les per aviam com ho fèiem. Cada dia un joc. A la nit, especialment a l'estiu, la gent gran gafaven les cadires i baixaven al carrer i es feia una rotllana de veïns i feien la xerrada.

Les nits d'estiu, a dues cantonades de casa meva, unes senyores grans seuen amb cadires al portal d'una d'elles. Sempre en són quatre o cinc, i s'hi poden passar hores. Parlen tranquil·lament, sense pressa i sense por als silencis. Hi ha dies que juguen al parxís o al bingo, sovint amb l'ajuda d'una neta petita que remena les boles i canta els números i els repeteix més fort si no l'han sentit bé.

Sempre que torno a casa de nit, em desvio per passar per aquell carrer a veure si hi són. Em fa feliç, quan me les trobo, i els somric. No les conec i no hi he parlat mai, però m'agrada sentir-les i m'agrada veure com es resisteixen a deixar de fer vida al carrer.

—I nosaltres corríem por mig poble. I s'apropàvem a l'estació, que estava molt a prop de casa, i entràvem a l'estació, pujàvem a algun tren... i bueno, les mil i una.

—Però ara...

—No! Això, ara, ¡ni soñarlo! ¡Ni soñarlo! Mira, una de les coses, por exemple, que fèiem a la nit, era anar al passeig que surt de l'estació, que té arbres a banda i banda. Buscàvem un fil, lligàvem en un arbre el fil, i el altre fil lo lligàvem en una finestra o lo que fos, i buscàvem l'alçada d'una persona. Llavors, la gent, boi tots anaven coberts. Sombreros, boines, gorres... La gent gran nava coberta, a l'estiu també. Como també portar bastó. La gent portava bastó... no perquè no podien caminar, però es portava. El cap cobert i un bastó a la mà.

»Bueno, pues los viatgers arribaven, baixaven del tren, passaven caminant i... tocaven el fil i les queia el sombrero a terra. I nosaltres pues rèiem i corríem...

Havia explicat aquesta anècdota moltes vegades i sempre reia. Així que començava a explicar-la, ja reia. Tinc ganes d'anar a Manzanares i caminar pel passeig de l'estació i veure si encara hi ha arbres, per poder imaginar-me aquest joc que li feia tanta gràcia.

No m'estranyaria arribar-hi i veure un d'aquells cartells de «prohibit jugar». Els veig sovint a moltes places. De fet, n'hi ha que s'hi recreen més: «Prohibit jugar a pilota, prohibit anar amb patins, patinet o bicicleta». És curiós que s'hagi prohibit jugar als nens.

Sempre que veig aquests cartells penso en les mil històries que m'explicava l'avi de tot el que feien al carrer. De moment, no n'he vist mai cap que prohibeixi posar un fil de banda a banda per fer caure els barrets de la gent. La veritat és que, posats a ser prudents, entendria que prohibissin això abans que jugar a pilota. Calcular l'alçada exacta d'algú que ha de passar sense tenir ni idea de quant mesurarà, perdoneu-me, però sí que ho trobo perillós. Trobar el punt exacte entre tombar-li el barret o el cap, ho trobo realment complicadíssim.

També deia que jugaven a tirar-se pedres. Tornem-hi! És molt més perillós que anar amb bicicleta. Suposo que no han prohibit ni el joc de la corda ni el de les pedrades, perquè ara gairebé ningú porta barret i perquè t'haurien de donar un premi per cada pedra que trobessis en una gran ciutat.

Però atenció, que la llista de jocs continua:

—Nàvem a les cases, a los trucadors que hi havien. No hi havia timbres. Llavons el timbre encara no... Hi havia el trucador, que llamaven; li lligàvem una corda, llarga, estiràvem, trucàvem, s'amagàvem, sortien, no hi havia ningú... Però bueno, la gent ja estava assabentada, eh? I alguna vegada, alguna hostieta s'havia emportat algú, i jo entre ells.

Mira, doncs he jugat al mateix que el meu avi. Trucar als timbres i arrencar a córrer, un clàssic. Ell, en la versió antiga, lligant-hi una corda; jo, en la més moderna, prement un botó. Però, evidentment, els seus jocs superen els meus. Apuja l'aposta:

—Una altra de las putadetes que fèiem era buscar una llauna, la omplíem d'aigua, la posàvem apropada a la porta, inclinada, trucàvem, i, quan obrien la porta, les queia el aigua a los peus. También, una gracieta no? Pero bueno, la imaginació allavons era aquesta. I era lo que havia. Jugar. Tot això era per passar el temps! Porque és que no teníem re.

És bonic veure una persona de més de noranta anys rient mentre recorda els jocs de quan era petit. Sempre defensaré la necessitat de jugar, i espero no perdre'n les ganes. Quan jo era adolescent, de nit sortíem de bars amb un grup d'amics i sovint anàvem jugant pel carrer, tot desplaçant-nos d'un bar a l'altre. Un dia el joc va acabar una mica malament. Estàvem jugant a la «peste alta», aquell joc que, perquè no t'atrapin, t'has d'enfilar a un lloc elevat. Vam pujar a un senyal de trànsit i, d'alguna manera, va acabar caient a terra. Sí, d'alguna manera. Ràpidament van aparèixer uns quants cotxes de policia i van frenar al mig de la plaça de manera pel·liculera. Veure uns «adults» jugant pel carrer a la nit no era el que s'esperaven aquells policies i la nit es va torçar. Per sort, ens queda aquesta anècdota, que sempre recordem rient.

—Tenia dos cosins que eren germans i havíem fet moltes cosetes per divertir-se. I allà a la fira, allí és «feria», doncs hay plazas de toros; encara hi són. Els dies antes, posaven la propaganda. Tu has conegut esos cartels de toros, que tenen casi dos metros por un metro?

»Los enganxaven con engrudo. Engrudo és farina i aigua. Con eso es fa una pasta... i això enganxa! Vol dir que, mentres està mullat, lo pots treure. La cola no, la cola s'enganxa més ràpid. Però el engrudo té un temps mentres està mullat.

I també riu mentre recorda.

—Pues se'ns va ocórrer que, quan los enganxaven a la paret, se posàvem mirant com aquel home ho feia, ens quedàvem allà parats, i quan aquel s'enava con l'escala i los cartels a pegar un altre cartel més cap allà, lo despegàvem tot sencer i se lo emportàvem.

I vinga riure. Amb aquell cartell, anaven directe a casa dels cosins i l'enganxaven en una paret de l'habitació, aprofitant que la pasta encara estava humida.

—Mira, por joder, na más! Porque aquel tío se volvía y decía: «¿Ande está el cartel?». Por fer putades! Porque eso eren putadas!

—I què més feies?

—La ilusión que yo tenía cada semana era anar a comprar el TBO. Te, be, o. Que se editava aquí en Barcelona. Valia cinc o set cèntims.

»I els diumenges, vaig tenir una temporada que jugava al futbol. Però futbol con una pilota de drap, eh? Draps lligats, ben lligats ben lligats.

»Érem uns d'aquí, uns d'allà, de diferents coles, que ens trobàvem al carrer i anàvem a las eras. Las eras era el puesto on triaven el cereal quan lo recollien. Eren unos puestos plans, molt plans, i dos pedres allí, dos pedres allà... i partit de futbol! Tot el dematí.

»Normalment eren partits de futbol, i després: "Anem cap al riu?". "Cap al riu!". Llavons a dinar i a esperar a la tarde per anar al cine.

Amb set anys va començar a anar al cinema i ja no va deixar d'anar-hi. Cada diumenge!

—Diumenge era sagrat. A la tarde, a les quatre, al cine. I aviam què te posaven.

Quina diferència amb ara, que si no saps de què va la pel·li no hi vas. De fet, a qualsevol tràiler de pel·lícula t'expliquen gairebé tot l'argument. Llavors anaven directament al cine i a veure què s'hi trobaven! No sabien ni de què anava, ni qui hi sortia, ni de quin estil seria.

—Recordo molt les películes de risas, que dèiem nosaltres, i les de cowboys. Posaven Charlot, Harold Lloyd, Buster Keaton, Greta Garbo, Carlos Gardel... També de Ken Maynard, de Tom Mix, de Stan Laurel i Oliver Hardy. Estaven en la seva època, aquella gent! En los anys trenta era la época dorada! Pel·lícules que estan en la història del cine. I jo les havia vist, en sessió de tarde.

Déu n'hi do els noms que conec! Només he hagut de buscar qui eren aquests tal Ken i Tom. Em sembla curiós que digui Stan Laurel i Oliver Hardy, i no El Gordo i El Flaco, que és com els he conegut jo.

—Les pel·lícules que es feien eren en inglés i hi havia subtítols. I és clar, nosaltres allà, con una tensió... Podies cridar lo que volies, al cine. Crits i jaleo... I tu anaves llegint, porque l'atenció al so no la posàvem, porque no lo enteníem. Tot era en inglés, no les traduïen. Estaven subtitulades, però, és clar, allí se armava una algarabía: ¡¡Daleee!! ¡¡¡Pégaleeee!!!».

Ells, que no sabien anglès, veien les pel·lis en versió original; i nosaltres, que l'hem estudiat des de petits, hem vist les pelis d'El Gordo y El Flaco. No cal saber gaire anglès per adonar-se que la traducció està poc treballada. En fi, llavors encara no havien prohibit jugar al carrer ni cridar durant la pel·lícula.

—Quant costava el cine?

—Quinze cèntims, que valia una entradeta.

—I quinze cèntims quant era? Era molt?

—Quinze cèntims era... menos de dos cèntims de los de ara. Clar, si ara un cèntim son 1,66, pues fixa-te, una mica més. Dos cèntims d'ara. Re.

Abans, que hi havia moltes menys ofertes d'oci, el cine era molt més barat que ara, que també tenim mil plataformes on mirar pel·lícules. Em sembla curiós.

—I s'hi menjava, també?

—Sí, menjàvem cacaos, menjàvem pipas... Que aquí a Vilanova, de pipa no n'hi havia. Quan yo vai arribar, no es coneixien les pipes. ¡Allí sí! Por cinc cèntims t'omplien una butxaca de cacaos. I després, lo que també compràvem, por cinc cèntims... Fixa-te, por cinc cèntims: cinc cigarrets de matafaluga, d'anís, que naven con una cinta enganxats. Se fumava això. Los nanos s'amagaven por ahí a fumar. I a vegades, compràvem un paquetet entre tots. Lo comprava un i lo repartíem.

»Quan sortíem de veure una pel·lícula de cowboys, interpretàvem la pel·lícula de cowboys. «Yo soy el tal i tú eres tal. I tú eres el dolent». Fèiem les batalles que havíem vist feia una estona en el cine.

Llavors encara no sabien que, poc després, farien el mateix amb la guerra. En comptes de jugar a ser cowboys, jugarien a ser militars. Però al cine ja no deixaria d'anar-hi mai. Ni aleshores ni després, quan va venir a viure a Vilanova i quan va començar a festejar amb l'àvia.

—No hem mirat el temps, no sé quant temps... Què portem, mitja hora?

Charlie Rivel

Hem seguit anant al pis per buidar-lo. Caldran dies de feina, perquè està ple de coses. Li vaig preguntar a la mare si calia córrer tant i em va dir que preferia fer-ho pim-pam per treure-s'ho de sobre, abans que li vingués l'hòstia de cop.

Des del primer dia que hi vam anar, que busco una foto de la qual m'havia parlat l'avi i no la trobo per enlloc. He avisat la resta de família, per si algú la troba. Fins i tot vaig fullejant llibre per llibre, no fos cas que la foto fos a dins. A part de punts de llibre, hi he anat trobant tiquets de tren, tiquets de la compra, dibuixos...

Un dia el meu avi va decidir anar a casa del Charlie Rivel, un pallasso internacional que aleshores vivia a Cubelles, a tocar de Vilanova. S'hi va plantar davant i va sortir a obrir-li la porta el mateix Rivel.

—Que tindries una foto teva?

—Com? I per què li vas demanar una foto?

—Volia pintar-lo i no sabia de quin color anava vestit! Pensa que els diaris eren en blanc i negre.

Uau, no hi havia caigut. O sigui, que ell no sabia de quin color era aquell vestit vermell tan característic del Rivel! Em sembla brutal que es presentés a casa seva per demanar-li de quin color anava vestit.

I sí, li va donar una foto; i, de passada, l'hi va firmar.

Després, el va poder pintar tranquil·lament, vestit de vermell. Ja fa anys que em va donar aquest quadre i que el tinc a casa. Ara, la foto no ha sortit per enlloc. L'he buscat per tot arreu, però no apareix. Això sí, tinc el quadre i aquest record.

I a l'estiu, banyar-se al riu (petita història 1)

M'agraden les anècdotes petites. Aquelles que semblen poca cosa i que no sortirien en una pel·lícula típica americana, però que diuen moltes coses. Aquesta m'agrada per senzilla, per bonica i perquè diu molt de la seva manera de ser. M'imagino aquesta història amb música i amb la càmera en moviment.

Per Manzanares hi passava un riu, a prop de casa seva. Un riu que ara, si no fos que el marca el Google Maps, no el trobes. Realment, has de posar-hi imaginació, per creure't que per allà hi passava aigua.

A l'hivern, molts diumenges anaven amb els amics a jugar al riu; i a l'estiu, a banyar-s'hi, tot i que a casa ho tenien totalment prohibit.

—Totalment prohibit perquè era perillós. I yo, lo que feia, era que a l'estiu sempre demanava que em pelessin al zero. Al meu pare le agradava, perquè deia que «¡El cabello sale más fuerte!». A mi m'agradava, porque yo me pentinaba con una ratlla, i clar, si anava al riu, me mullava i no me podia pentinar.

Vet aquí! I així la seva mare no se n'adonava, si havia anat al riu.

—Si estava pelat al zero, pues no tenia cap problema! I lo que tenies de tener molt cuidado, porqué allí no era sorra, era terra, terra de esa arcillosa. I cuidado a passar los peus per los calçotets, no tocar-los, porqué también te delatava de que havies estat en el riu.

Ja ho veieu, és un detall petit, però m'agrada veure com un nen ja sabia buscar-se la vida per estalviar-se una esbroncada. Sense saber-ho, ja s'anava entrenant per al futur. No era conscient de com de bé li aniria aquest esperit per tirar endavant.

—I a tot això, doncs catapum, arribem a l'any 1936, al mes de juliol. Jo acabava de fer onze anys i esclata la Guerra Civil. Los fascistas se aixequen contra el Govern de la república, i ja tenim la guerra. I bueno, la vida, sembla que no... però canvia.

Ha empezado la guerra

—I com et canvia, a tu, el dia a dia?

—Tot va canviar. Los jocs van canviar. El futbol se va acabar, els jocs d'espases se van acabar... I van començar los jocs de fusells i pistoles. Però ràpid, eh? Porque, què passava? Que van començar a instruir les milícies: tú, el otro, el d'aquí i d'allà se presentaven voluntaris. Los agrupaven al camp de futbol i los feien fer instrucció, que deien. Jo me'n recordo! Izquierda, derecha... tot això. Les ensenyaven com manejar un fusil, porque aquella gent, en una semana o dos, los envien pel front, eh? I clar, tot això, nosaltres lo estàvem veient, lo estàvem presenciant. I a llavons, ens vam fer fusells con qualsevol tros de pal.

»Jugàvem a lo que vèiem. Porque també, enseguida, los diaris, les revistes, al cine amb els noticiaris van propagar lo que era la guerra, no? Veies que te deien que era la batalla tal... I és clar, tot això lo vèiem i nosaltres lo imaginàvem. Después los jocs que fèiem era fer guerres.

»Si decían «El frente de Teruel lo han conquistado las tropas republicanas», pues a fer una ficció entre varios. Unos eren los facciosos, los altres eren los republicans, i a conquistar Teruel o el Santuario de la Virgen de la Cabeza. Tot lo representàvem con pals, con cosas que figurava que eren fusells, ens fèiem corruatges con lo que fos, se disfressàvem, vam conseguir gorros, ens amagàvem, fèiem trinxeres... En fin, jugàvem a la guerra. Darrere una porta, com si tiressis... Allà onte fos, era guerra. Tot lo que feies, era guerra.

Fins feia poc imitaven el que veien al cinema i ara imitaven el que tenien davant. El joc sempre és necessari i sempre passa per davant de qualsevol cosa. Imagino algun adult plorant de ràbia perquè han matat un familiar seu, i al mateix moment, al carrer, un nen jugant a matar, com si estigués en una pel·lícula. Aquests contrastos entre els nens i els adults em semblen brutals.

—L'única cosa que a vegades, clar, les mares deien: «Cuidado!», porque se havien donat casos que a algú se li havia disparat una arma. Que jo sàpiga no havien matat ningú. Ara, nanos que per exemple havien manipulat una bomba o algo i les havia esclatat a les mans, això sí.

»I eso que nosaltres ens la jugàvem. Jo vaig tenir l'ocasió de que me passés alguna cosa, porque resulta que la casa onte vivíem, ja t'havia dit que era una antiga fàbrica d'alcohol, hi havia locals dintre que havien servit como per guardar el bestiar, per guardar el gra, la palla... I allà van posar un batalló. Una secció de militars. Però militars militars. Ja venien con su vestimenta de militar. Los van ajuntar allà i feien el ranxo allà al pati, tocaven diana... En fi, lo van habilitar como un cuartel. Però nosaltres vivíem a vint metros de aquello i baixàvem al dematí i nos daven cafè. Al migdia, si anaves, que no és que passéssim gana, encara!, però podies anar allà i te daben un plat de ranxo, si volies, i convivies con los militars.

»Llavors, a les tardes, als militars les donaven permís perqué anessin al poble a passejar. Llavors nosaltres nos introduíem allà als cuartos aquests i jugàvem con los fusells, i jugàvem con las pistolas, i trèiem bales, bales de fusell, i se les posàvem a la butxaca. I per què? Pues perquè després s'enàvem a la via, que estava molt a prop de casa, pósale cinc-cents metros. Nàvem allà, al carril de la via posàvem sorra, i la bala sobre pa que no caigués. En posàvem cinc o sis, i a esperar. S'amagàvem per allà i a esperar que vingués un tren. I quan passava el tren: pam pam pam pam!!! Los maquinistas a veces se donaven conta i feien así: "Ya te agafaré!". Claro, no podien. El tren no lo paraven, no? Però los disparos se sentien.

»Sempre portaves una bala o algo en la butxaca. És que estàvem en guerra! I allí convivíem con los soldats. I si deien: "Avui passarà un tren militar", anàvem a veure los militars com passaven. Tot això, nosaltres lo estàvem presenciant, lo estàvem veient.

—Com ho vas saber, que havia començat la guerra?

—Havien vingut uns cosins d'Alacant a Manzanares i estaven dormint a casa. Havien posat un matalàs a terra. I serien les sis i mitja del matí, que era el mes de juliol, va arribar mon pare, que havia treballat durant aquella nit. Mon pare feia torn de deu de la nit a sis del dematí. Arriba, obre la porta i diu: «¡Ha empezado la guerra! ¡Mirad!».

»I des de una ventana que teníem, vèiem la iglesia de Manzanares, i diu: "Volen cremar la iglesia" i "Ha empezado la guerra".

Era petit i recorda perfectament aquell moment i les dues frases que va dir el seu pare.

—Sí, aquesta és la primera notícia que tenim: «Ha empezado la guerra». Però, és clar, tot això ja portava una rèmora, perqué havia hagut successos l'any 1934, los mineros de Asturias, los sucesos de Catalunya... Ja havíem anat sentint coses, i tampoco ens va agafar així de cop. I tampoco sabíem lo que era una guerra! Ha començat la guerra? Pues bueno, a veure què passarà, no?

»Pero ya enseguida... Me'n recordo aquelles nits, que la gent sortia a prendre la fresca, passaven unes patrulles de gent, de milicians —llámale "milicians"—, que por exemple deien: "¡Cerrad las ventanas!", "¡Apagad las luces!". Por si venia algun avió, por temor. I daban consells.

»Van apagar les llums de los carrers, estàvem a les fosques. Allà a la nit, a les fosques. Apagàvem les llums, per por a l'aviació.

»No havien passat deu dies que havia començat la guerra i va vindre un avió i va tirar una bomba! Una bomba que va caure allà a prop de les vies i va fer un clot. Un clot... res, de mig metro. Porqué la bomba aquella la van tirar con la mà. Era una avioneta que portava la bomba i la tiraven con la mà, la deixaven caure. Vam anar tots corrents a veure el que havia fet el avió aquel.

»Alcázar de San Juan està a cuarenta-i-cinc quilómetros o por ahí de Manzanares, i allà hi havia dipòsits de gasolina, de la Campsa, que deien; uns dipòsits immensos, a la sortida del poble. I de les primeres coses que van fer, va ser bombardejar allò, va explotar i nosaltres, des de cuarenta-i-cinc quilómetros, vèiem el fum.

»O sea, que ya va començar la por a los avions. Quan senties un rumor, ya te agafava por. Van començar a bombardejar puestos, i clar, ya tenies por, quan t'anaves a dormir, de si venia algun avió.

—Passaves por?

—No no, ja te dic que, en aquella edat, tenies por a los bombardejos, porque, és clar, llegies i veies los noticieros. Quan se'm vam enterar de Guernika, va ser la leche. O t'enteraves que Madrid cada dia lo bombardejaven. A Madrid cada dia havia un bombardeig.

»A Barcelona, estaven bombardejant, però no sabies tant. No arribava tant com de Madrid, que a vegades venia gent que lo havien vist i t'explicaven, i és clar, lo que tenies por era si venia un avió a bombardejar. Però lo demás no, no tenies por.

Així que la vida va continuar més o menys igual.

—Lo que pasa és que de tant en tant deien: «Pues a fulano tal lo han matado al frente». I ja canviava la història. Una família que es quedava sense fill, i ja... L'ambient era un altre.

»Mira, yo me acuerdo que anava con la meva àvia per part de pare. Era una dona grassa, alta, morena... En aquel temps jo tenia uns onze o dotze anys i l'acompanyava pel carrer agafat de la mà d'ella. I recordo que van passar varios camions plens de milicianos. Ells naven cridant, con los fusells, i la meva àvia es para, aixeca el puny i diu: "¡Viva la república! ¡Viva la república!". I jo me la mirava sense entendre-ho del tot, entens?

Me l'imagino a ell de petit, com si fos el nen de *La Vita e Bella*, mirant com la seva àvia para al mig del carrer i comença a cridar. Entenent-ho tot com si fos un joc.

—La gent estava enardecida. Poder hi havia gent que s'havia amagat, però la majoria de la gent es va llançar al carrer, i van crear columnes de gent que s'anaven al front. I tot això, pues nosaltres, los petits, ho vam viure i lo vam transformar en el nostre joc: la guerra.

»Ara, jo he vist coses aquí que diuen: "En Cisjordania, los niños, cómo puede ser, que van con un fusell". I jo dic: "Jo lo havia viscut!". No tenies un fusell de veritat, porque allí a lo millor se lo donaven. Aquí no, no van donar un fusell a un nano, però tu... tenies les ganes. Hasta senties que tenies ganes d'anar al front tu. Jo, al menos, lo sentia.

»D'aquells dos cosins, que de petits havíem fet moltes aventures junts, el germà gran, que ja tenia disset o divuit anys, se'n va anar voluntari. I, escolta'm, jo vaig passar una envidia de veure que aquel hi anava! Jo m'hauria anat amb ell, entens? Després hauria plorat, segurament. Però te donaven ganes d'anar al front. I per això, quan veus aquesta gent que diu "Oh, los niños jordanos, que no sé qué...". Coño, pues clar, perquè estan en guerra constantment! Aquests nanos no pensen en altra cosa, si no és la guerra. I a nosaltres ens va passar igual.

»Tot lo que teníem era guerra. Naves al cine i posaven el noticiari? Guerra. Mmm... gafaves la premsa? Guerra. Senties les notícies a la ràdio, lo que se parlava al carrer? Guerra. Que si aquí, que si allà... Nosaltres, tots los nanos, vam viure en un estat de guerra.

»Al principi hi anaven voluntaris, perquè tota la part militar estava con Franco, i aquí a la zona de la república hi va haver militars que van ser leals a la república, però es van abastir de los voluntaris. Gent con ideas que van dir: "Yo vai a la guerra!". I dones milicianes, que va haver moltes, també, que van dir: "Yo també vai a la guerra!".

—I aquests voluntaris, els preparaven?

—Clar, home! Primer los preparaven una mica, però no gaire, eh? Porque no havia temps! Molts anaven, li donaven un fusell i deien: «Venga, endavant!». I escolta, van lluitar com van poder. Però anaven a la guerra amb el que tenien. Luego se van reorganitzar una mica, però al principi...

»Lo que es va popularitzar molt va ser la granota, el mono, que deien allà. L'uniforme que veies més era el típico mono blau, la granota.

I van continuar anant al cine, i van continuar anant a l'escola...

—Al meu no, el meu cole lo van tancar porque, clar, era un colegio privat i van dir: «No, aquí l'ensenyança, gratuïta». I llavors vai anar a colegios nacionales.

Allà hi havia quatre classes on es barrejaven diferents edats. Ell anava a la quatre, amb els més grans, els que tenien deu, onze, dotze anys.

—I el mestre em va rebre i em va fer seure a l'últim pupitre de la classe: «Seu aquí». Allà hi havia un sistema que era una competició dintre de la classe. Si tu sabies més una cosa, avançaves puestos. I resulta que, el segon dia, jo estava el segon de la classe. M'havia posat el segon.

Dos de dos! Si havies estudiat, el segon dia ja podies ser el segon. O sigui, que anaves avançant o retrocedint taules, depenent del que sabies. I, com menys en sabies, més lluny estaves. Quines coses.

—Yo, en aquest col·legi, que vai anar un parell d'anys, penso que no vai aprendre gran cosa. Vai mantenir lo que tenia, porque portava una preparació molt més gran de l'altre cole!

»I allí vam celebrar los Reis, encara que era la república, ho vam fer simbòlicament, i recordo que van portar joguines al col·legi i van dir: "Vinga, por orden de clase". És clar, hi havia el primer i yo, que era el segon. I és clar, el primer va agafar la joguina més maca que havia allà. I yo vai gafar un avión de xapa, d'aquells que había, de planxa. Va ser de les primeres joguines que yo vai tenir como joguina, el hidroavió aquest.

No recordo quina va ser la meva primera joguina, ni la segona, ni la tercera. Recordo moltes joguines; i algunes, amb afecte, però no quines van ser les primeres. Crec que és una cosa de la nostra generació. Si ho preguntes a la gent gran, en canvi, sí que ho recorden. Un cop més, aquesta abundància actual de tenir moltes i moltes coses fa que no ho puguis recordar i valorar tot.

—Espera...

—No va?

—No, no va. Agafa aigua, si vols. No sé per què no va...

—Que s'ha parat? No hem mirat el temps. No sé quant temps portem.

—Sí, ara, no sé per què...

—Aquella llumeta no s'encén. Saps que s'encenia? Ara! Ara parpadeja.

—Sí, però no sé per què...

—Què portem? Mitja hora?

Tot per uns xurros
(petita història 2)

Aquí va una altra petita història de les que m'agraden. Una d'aquelles anècdotes petites, però que diuen moltes coses.

—Después va haver un moment que van vindre refugiats. Lo que estem veient ara, no? Van vindre refugiats que fugien de los fascistas. I allà van portar, en un cuarto gran que hi havia, gent d'Extremadura que havien deixat la seva casa i havien vingut allà i los havien allotjat. Eren d'un poble que es diu Zafra, en Extremadura. I vam conviure con ells.

»Aquesta gent es veu que eren xurreros o havien treballat en un bar o algo. La qüestió és que, per guanyar-se la vida, allà mateix al pati, van trobar un caldero i feien xurros. Feien xurros, aquesta gent! Van començar a vendre xurros, i clar, nosaltres, que érem veïns, nàvem per allà i, a vegades, te donaven.

»Los feien bé! Però, aquests xurros, com los embolicaven? Pues con paper de diari. Clar, no tenien una altra cosa. I allavons, als dos cosins i a mi, se nos va ocórrer que los lligarien bé con paper d'estraza. En los taulells de les botigues, havia una pila de paper, porqué tot se embolicava, llavors. No havia, como ara, bolsas. El plàstic no existia, i tot era a base de un cucurutxo de paper. Lo embolicaven tot en paper.

»A la nit, com que apagaven la llum per por a l'aviació, a sobre el taulell tenien dos o tres espelmes. Així podien vendre quan es feia de nit. Llavors se nos va ocórrer una cosa. Nàvem los tres a una botiga, dos se posàvem al costat de les espelmes, i quan dèiem "Ara!", bufàvem les espelmes, s'apagaven, i l'altre agafava un paquet de paper i fugia. Bufàvem l'espelma a les fosques i robàvem el paper. Llavons se lo portàvem al xurrero, i él nos daba xurros con aquel paper que havíem pispat.

»Clar, això lo vam fer un parell o tres de vegades, porque clar, els botiguers ja estaven a l'aguait, i vam dir: "Bueno, prou".

En la història de l'avi hi van sortint els xurros.

Veig que de petit ja en menjava i quan va ser pare ho va seguir fent. Cada diumenge n'anava a comprar per als seus fills. Més tard, quan va ser avi, ens els comprava a nosaltres, els nets, i és un dels records bonics que guardo. Era com un petit ritual, com una celebració. Es veu que al meu besavi també li agradaven! Amb xocolata desfeta, evidentment. Totes dues coses han d'anar juntes.

De tant en tant, quan trobo una fira, em fa gràcia demanar xurros. En això ens assemblem tots tres. Hem viscut vides molt diferents, però, com a mínim, els xurros i la xocolata desfeta ens uneixen.

Comença la por

Ja feia dos anys que estaven en guerra quan van cridar el seu pare del dipòsit de trens perquè els faltava gent. El van enviar cap a Alcázar de San Juan, com a molta gent, ja que era una estació gran i important. Ja hi havia treballat, allà, però amb la broma ja portava set anys a Manzanares demanant pròrrogues. El cas és que el van fer tornar cap al poble on el meu avi havia nascut i que allà va seguir treballant de maquinista.

—Va començar a fer rutes cap a Madrid, Albacete... on fos.

De fet, per l' època que era, el seu pare Paco viatjava molt. Passava nits o setmanes fora, i així és com acabaria coneixent totes les estacions d'Espanya i sabent a quins bars d'estació feien el millor *cocido*. Anys més tard, quan un net seu li digués: «Abuelo, me voy a La Coruña», ell responia: «Vete al bar de la estación, hacen una tortilla de patatas muy buena». Els pobles no els acostumava a veure, per això la seva frase estrella sempre era: «A juzgar por la estación, Albacete es muy grande», sempre combinable amb qualsevol nom de ciutat.

—Abans de que anéssim a Alcázar, ya l'havien bombardejat tres o quatre vegades, i la casa del costat on vam anar a viure estava tota esfonsada de un bombardeig, i és clar, allí vam passar més por, a la nit. De dia no passaves tanta por, però de nit... de nit, sí.

»En la casa que vam anar, havia un pati; allí le dicen «corral». Al corral gran, que era immens, hi havien fet una trinxera. Allà hi havien tres veïns més, i quan van arribar ells ja havien escavat a terra. Una trinxera estreta, en forma de ese, que tenia... seixanta centímetres d'entrada i fonda... pues... com un parell o tres de metros. I quan havia senyal de bombardeig, sonava la sirena. Volia dir que venien.

»I a mitja nit, tal com estaves al llit, cap a baix. I ens ficàvem dintre de la trinxera aquella, allí sentats, aguantant, hasta que sonava la sirena una altra vegada, que volia dir que los avions havien marxat o que no havia perill, ya. Porque a lo millor no havien vingut avions! A vegades senties el soroll, però yo no vai estar en cap bombardeig. Ara, en un amago de bombardeig, sí. De baixar a la nit i estar allà en plena nit, allà amagat en aquella trinxera, que allò deien que ajudava. Hombre! Tenia que caure una bomba allà mateix, perquè fes mal, però, si te caía al costat, pues a lo millor no te passava res.

—No hi va haver mai cap bombardeig?

—No, no. Ja et dic, estant nosaltres en Alcázar, no n'hi va haver.

—Però hi passaven avions?

—Sí, se sentien avions. I, quan se sentien avions, escolta, ya no sabies què fer. Si era a la nit era terrible.

En aquell mateix moment, una nena de Vilanova i la Geltrú, quatre anys més petita que ell, es pixava quan sentia els avions.

Aquella nena, anys més tard, seria la meva àvia i de gran sempre explicaria que l'única cosa que recordava de quan era petita era sentir els avions i pixar-se. Creia que la claustrofòbia que tenia li venia d'aquí, perquè quan hi havia bombardejos baixaven a amagar-se al refugi que havien excavat el seu pare i un veí. També recordaria els aviadors amb mig cos a fora, metrallant. Aleshores encara no sabia on eren Manzanares ni Alcázar de San Juan, ni parlava castellà, ni s'imaginava que un dia es casaria i tindria fills i nets. Prou feina tenia amb gestionar la por que passava.

Et recordo

Recordo un dia que li vaig cantar una cançó a l'àvia. Vam anar a la muntanya uns dies amb tota la família, a una casa que teníem a Rupit, i un matí que, com sempre, m'havia llevat molt més tard que la resta, van decidir anar a fer una excursió.

Com que a l'àvia li costava caminar, vaig dir: «Ja em quedo jo». D'una banda, encara estava massa adormit per posar-me a caminar, i de l'altra em va semblar un bon pla, quedar-me a soles amb ella. Ens vam quedar tots dos a casa; ella asseguda davant la finestra, mirant les vaques, i jo mirant-la a ella.

Vaig decidir agafar l'ukelele que tenia per allà i cantar una mica, primer fluixet, amb vergonya, despertant a poc a poc i cada cop apujant una mica més la veu. De cop em va venir de gust cantar una cançó que m'agradava molt, que es diu «Et recordo», de Txarango. Preciosa. Molt conscientment, vaig decidir cantar-l'hi. És una cançó que està feta per a algú que ja no hi és, i jo l'hi vaig cantar quan encara hi era.

Va ser la meva manera, en vida, de dir-li coses boniques, de dir-li que la trobaria a faltar.

Ella no va deixar de mirar les vaques i de somriure.

Va ser un moment bonic, fins que, just als últims acords, va arribar tota la família obrint la porta de cop, parlant i cridant, com la típica família italiana de pel·lícula, a qui els era igual el que estava passant a dintre. És així, aquesta família. Vam passar del moment tendre al moment còmic de la pel·lícula en un segon. A prendre pel sac la tendresa! Però ho recordo. Et recordo.

Me'n vaig a Alcázar

Falten cinc minuts perquè surti el tren. Vaig cap al poble del meu avi, Alcázar de San Juan. És el poble on va néixer i on va tornar quan la guerra ja havia començat. El lloc on li van passar totes aquelles coses que tantes i tantes vegades m'havia explicat.

Fa anys, anant de gira amb un espectacle, hi vaig parar un moment, perquè actuàvem molt a prop. Només vaig veure una plaça que ni recordo com era. Em vaig fer una foto per ensenyar-la a la família i ja està. Diguéssim que li vaig donar poca importància. Va ser tot molt de passada, només per dir que hi havia estat, però no em va remoure res. Aleshores no sabia tota la història i els avis encara eren vius. Quina diferència!

Ara m'adono que em fa il·lusió fer aquestes coses. Coses a les quals fa uns anys no donava gens d'importància. Fa dies que estic nerviós per aquest viatge. Nerviós, però content, amb ganes.

El tren arrenca. Ell va trigar vint-i-quatre hores, per anar des d'Alcázar fins a Vilanova. Jo en trigaré sis, a fer el camí invers. Les guerres segueixen, però tot va més ràpid.

Arribaré a l'estació on treballava el seu pare i on ell després venia diaris per mantenir la família. D'aquí res entendreu per què. Tinc ganes d'anar al cinema! Ja no serà el mateix i segurament no deu ser al mateix lloc, però em fa il·lusió anar al cine d'Alcázar a veure una pel·li, com va fer ell tants cops.

Vull buscar qualsevol cosa que recordi el que em va explicar l'avi, i també vull no buscar. Passejar, deixar-me portar, mirar, escoltar... I imaginar com devia ser aquell poble ara fa noranta-set anys.

A la maleta hi porto aquarel·les, per si em venen ganes de pintar en algun moment. M'agrada pintar. Ho faig molt pitjor que ell, però m'agrada. També he agafat un dels llibres que em va regalar. Remenant per casa m'he adonat que tinc quatre llibres de poemes de Miguel Hernández que em va anar donant en diferents moments, cosa que confirma que li encantava. N'he agafat un.

També porto alguns documents seus, com el bitllet de tren que van donar al seu pare com a «traslado» i que els va enviar cap a Vilanova. «A favor de Francisco Jiménez y 4 personas de su familia».

A la maleta també hi tinc les cartes que va escriure d'amagat el seu tiet des de la presó. Només en vaig poder llegir una i em va semblar molt forta. Em va deixar tocat. Allà, suposo que trobaré el moment per llegir-les tranquil·lament. Just allà, on va passar tot.

Aprofito el viatge en tren per seguir escoltant la conversa que vam tenir. Queda una estona per arribar a Alcázar, on l'avi va tornar quan tenia uns dotze o tretze anys i la guerra continuava.

`—I és clar, van començar a faltar queviures. No hi havia pa, no hi havia cigrons, ni oli...`

Llavors el seu pare, quan tenia festa, agafava una garrafa, l'omplia de vi, agafava un tren...

—I moltes vegades me portava a mi. «Va, anem!», me deia. S'anàvem cap a Andalusia, arribàvem a un poble que es diu Baeza —que, por cert, Baeza és el poble de Sabina, que està a la província de Jaén—, i per una garrafa de vi li donaven una garrafa d'oli.

»O sea, ell buidava la garrafa de vi, se la omplien d'oli, i tornàvem cap a casa. Després, con aquest oli, anàvem a pobles petits del costat i el canviàvem per farina, por patates, por cigrons... En fin, el intercanvi!

»Això era un viatge de cent cinquanta quilòmetres o poder dos-cents. I ara què podries trigar? Tres hores? Quatre hores? Pues igual tardàvem un dia i mig, porqué anàvem en tren de mercancies, que se parava a tot arreu.

Sí, bastant diferent del viatge que estic fent jo ara mateix, que vaig en un AVE amb aire condicionat, un parell de televisors on estan fent una pel·lícula i un vagó amb barra de bar on acabo de dinar.

—Llavons los trens de viatgers van escassejar, havien poquets. Tu volies viatjar d'aquí a Barcelona, t'anaves a l'estació i el primer tren de mercaderies que passava, tu pujaves. Sempre havia vagons buits o aquests vagons baixets, no sé si los havies vist, que allí carregaven el carbó. Pues la gent, a sobre del carbó. Allà, com podies. La gent viatjava por la cara. No havia bitllets, se viatjava i ja està.

I ells encara tenien sort, perquè com que el seu pare era maquinista, coneixia gent i a vegades podien anar a la màquina, que devia ser el lloc més còmode.

—Yo moltes vegades, anava con ell. Havia passat

nits en un vagó. Tota la nit per arribar a casa. Allà dormia i comía al terra. En fin, era una odissea, però a mi m'agradava anar amb ell.

»El meu pare era el que es basquejava por ahí...

En aquell moment encara no sabia que al cap de més o menys dos anys seria ell qui s'hauria de buscar la vida. Com que el seu pare treballava viatjant, aprofitava per portar coses cap a casa. Si anava a Madrid, portava pa. Si anava a Albacete i trobava cigrons, portava cigrons. De València, arròs...

—Va comprar una cabra i ens donava llet. Després va tindre un cabrit, i yo la cabra l'agafava i la portava al camp perquè mengés herba y cosas de esas. I vam criar un tossino...

»I del intercanvi este, va vindre lo que es va denominar l'estraperlo, que ya era comerciar con aquestes coses. Compraves a cinc i venies a vint.

»Durant la guerra, entre l'estraperlo o el intercambio de coses, de menjar no nos va faltar res.

—Però va ser molt de cop, aquest canvi de tenir diners i menjar a no...?

—Clar! És que diners n'hi havien. Lo que no havia era per comprar, m'entens? I clar, la gent... boi tot déu ho feia igual. S'intercanviaven les coses. Havia una cartilla de racionament i deien: «Hoy donen... sucre». I, segons la família, igual te donaven mig quilo de sucre o te donaven cigrons... Però la gent se les basquejava com podia.

—Com és que s'havien acabat les coses?

M'agrada quan veig que jo li feia preguntes «innocents» que, si m'hagués parat a pensar-hi un moment, segurament hauria pogut arribar a trobar la resposta jo solet, amb l'edat que tinc... Però això de tenir algú al davant que en sap més que tu i que sempre ha estat per sobre teu, fa que et relaxis i facis preguntes com si tornessis a ser un nen. I mira, aquesta vulnerabilitat, m'agrada. Li pregunto les coses com si jo encara fos petit, sabent que ell em podrà ajudar:

—Com és que s'havien acabat les coses, avi?

—Home, doncs perquè en la guerra ja no se cultivava molt. La gent jove estava tota a la guerra, i en les ciutats o pobles s'havien quedat la gent gran, los que no podien anar a la guerra. I aquesta gent no podien fer sembres immenses, i depenia molt de lo que venia de l'estranger, que tant alimentaven a un bando com a l'altre, m'entens? Vull dir que es comprava molt a fora, i aquí es recol·lectava poc.

»És clar, el pagès que tenia un hort, va fer peles, perquè aquella família podia cultivar.

La seva àvia s'havia quedat a Manzanares i ell de tant en tant agafava un cistell i se n'anava cap a l'estació a agafar un tren.

—Esto ya con dotze o tretze anys. M'anava a casa de l'àvia i me passava allí quatre o cinc dies amb ella.

»Mira, un dia arribo y dice: "Esta tarde vamos a ir a rebuscar patatas". I vam anar a un camp on ja havien collit patates i, clar, se deixaven les petites, i nosaltres anàvem con un sac, i totes les petites les arreplegàvem, i eso era ir a buscar patates. En fin, cosas de esas.

»I quan tornava a Alcázar, en el cistell portava patates i tot lo que yo podia arrastrar. Tornava a l'estació, gafava un tren, i cap a casa. Portava coses de menjar. Porque la obsessió de tot déu era el menjar. Era una obsessió. No se parlava de res més. Porque, clar, havia molta escasez. Hi havia gent que les passava magres. I això va durar fins a l'any quaranta y pico, eh? Porque va vindre la postguerra i va ser pitjor que la guerra, eh?

Amb la mateixa edat que ell rebuscava patates, jo anava a estudiar teatre a Barcelona. Els dissabtes al matí, agafava un tren de Vilanova a Barcelona, feia una classe de teatre i me'n tornava. Recordo un dia que, quan vaig arribar, vaig anar a casa dels avis a dinar i l'àvia em va preguntar: «Que estàs cansat, nen?».

Jo a punt de dir que sí, convençut, i l'avi: «Com ha d'estar cansat! Si ha anat i ha tornat amb tren!».

Llavors vaig pensar: «Potser no. Amb el que ha passat l'avi, anar tres quarts d'hora amb tren per pujar a Barcelona, fer una classe de teatre i tornar... no deu ser gaire cansat». I vaig callar. Tot i que jo em sentia cansat.

—I bueno, va acabar la guerra. Matem la guerra, porque ya..., van arribar los fascistas i se van implantar allà.

M'acabo d'adonar que, de tot el que em va explicar, de la guerra és del que menys estona em va parlar . Mira que va ser un moment important en la història i mira que se n'ha parlat i se n'han fet, de documentals, xerrades, pel·lícules... De fet, a ell li agradava molt llegir llibres sobre la Guerra Civil. I en canvi, a l'hora d'explicar la seva vida, la guerra l'enllesteix en un moment. Potser és que, després de viure més de noranta anys, la guerra ja no li semblava el moment més dur del que havia viscut, o potser va haver de trobar una manera de relativitzar-ho, per poder tirar endavant. Em va dir: «Matem ya la guerra», com dient: «Ja n'hi ha prou. Ja se n'ha parlat massa i ja sabem què va passar».

Us pot semblar una ximpleria, però no hi havia pensat mai: la guerra acaba un dia precís. Ho trobo curiós. Després de tant de temps i tant de mal, un dia en concret algú diu: «Ja està. Avui prou».

—Aquella tarde em va passar una cosa curiosa. Jo estava junto a la taquilla del cine per treure l'entrada i van arribar dos militars de Franco. Ja havia soldats de los que ellos decían nacionales. Fascistas.

»És clar, ells portaven diner facciós, que lo havien fet a Burgos, i després lo van fer a Alemania. El papel de moneda de la Guerra Civil, de la parte fascista, lo van fabricar allà. I ells portaven moneda de la zona fascista.

»L'hi donen al taquiller per comprar una entrada i el taquiller lo rechaza. Les diu que ell aquella moneda no la coneix, i que no les deixa entrar. I allavons yo, que estic allà i lo sento, li dic al militar: "¿Quieres que te lo cambie yo por moneda mía?". Y él: "¡Sí!". I l'hi vai canviar. Yo vai agafar la moneda que és la que serviria al dia següent, i a ell li vai donar moneda republicana, i allavons va pagar con aquella i el taquiller lo va deixar passar.

Mentre m'explicava això, reia. És un altre petit detall que m'ajuda a entendre la realitat d'aquell moment. Una d'aquelles anècdotes que el meu avi deixava anar com si res, com si no fossin importants, però que van bé per imaginar com era ell. M'agrada veure com n'era, d'espavilat, amb només catorze anys. I també penso: «Quina sang freda, aquell taquiller!».

—Fíjate quina cosa més rara, no? Aquel home: «No, no, yo això... Yo no lo conozco, este dinero, y no lo cojo». I era el diner que al dia següent ja serviria.

Aquell era l'últim dia de la guerra, i els van dir que posessin banderes blanques als terrats.

—Que poséssim banderes blanques com a símbol de rendició, no? Però una tarde, el dia abans de que entressin les tropas fascistas, pues va vindre una avioneta i con una metralladora...

»Jo aquella tarde estava en el cine i de cop van dir que venia una avioneta i vam sortir tots al carrer. Em vai quedar a la porta i vai veure passar l'avioneta aquella, tirant con la metralladora, i va matar dos o tres persones.

»A l'estació d'Alcázar hi ha un túnel per canviar d'andén. Un túnel que té quaranta metros, i la gent es va refugiar a dintre; i és clar, allà, por asfíxia, també va morir una persona. Pero eso, con las banderes blanques posades en los balcons!

Arribo a l'estació i m'hi quedo una estona. És bonica. Van passar tantes coses, aquí...

Baixo unes escales per anar cap al vestíbul i de cop em dic: «Aquest deu ser aquell túnel que m'explicava! Deu ser aquí». Miro les parets, ara més modernes i amb el logo de la Renfe. Està diferent, però va ser aquí, on soc ara, que l'últim dia de la guerra va morir algú. Quina sensació més estranya.

Començo a caminar pel poble amb ganes de capbussar-me als carrers on ell va viure tantes coses. Al cap d'un minut, però, em començo a desil·lusionar. Aquí un Mango, allà CaixaBank, davant el Women'secret. M'havia oblidat que ara tot és igual. No sé què esperava! Podria estar a Vilanova o a qualsevol altre lloc. I, de cop, penso: «Per què he vingut aquí, si tot és igual que a tot arreu?».

Caminant, sento una música que no sé d'on ve. Arribo a una botiga que té un altaveu a fora, sonant a tot drap. Hi ha cartells per tot arreu anunciant que hi fan entrepans o que tenen les típiques «tortas de Alcázar». És una botiga petita, estreta i allargada, plena de menjar de tota mena. Em recorda una botiga de Vilanova on anava de petit perquè em fessin un entrepà i que ha anat resistint al pas del temps. Mirant enlaire descobreixo que al tendal hi ha el nom de la botiga i, al costat, «fundada el 1921». I, de cop, trobo que allò té un valor. Vinga! Tornem a valorar coses a les quals fa uns anys no donava importància. Aquests cartells que, molt de tant en tant veus en alguna botiga amb l'any que es va fundar, ara per mi prenen valor. De cop els trobo el sentit, perquè tot d'una m'apropen al meu avi. Això ja hi era, quan ell vivia aquí! Potser fins i tot hi venia a comprar. Quin detall més petit, però quina connexió tan ràpida.

Segueixo caminant i al cap de no res trobo un forn que també recorda la data de la seva fundació: 1917. Just al davant, una pastisseria del 1892! Al·leluia! També hi eren, llavors! Una mica més amunt, em crida l'atenció una botiga i m'hi apropo. Casa Escudero. Està plena de rètols: «perfumería», «almacén de La Mancha», «novedades». Els marcs i les portes són de fusta pintada de blau. Preciosa. Aquesta sí que sembla ben bé que no l'hagin ni tocat. Miro a través del vidre i veig que hi venen, sobretot, joguines. És molt bonica. Quan hi torni a passar li faré alguna foto, però ara segueixo caminant, això sí, sense trobar més botigues antigues.

Mentre espero eternament que em facin el registre a l'hotel, com si l'estiguessin teclejant amb l'Olivetti, penso: «I si de cop m'enamoro d'una noia d'Alcázar?». «I si la meva vida canvia i acabo vivint aquí perquè m'enamoro?». Igual que el meu avi, però al revés. Em fa gràcia imaginar-m'ho, mira. I mentre fantasiejo, ja tinc la targeta. Ara sí, pujo a l'habitació.

«Tu padre se queda aquí»

Ara ve un dels moments que més m'emociona. No he ficcionat res d'això que ara llegireu. Així és tal com m'ho va explicar, fent ell sol tots els personatges i diàlegs, fins i tot deixant els silencis, que us haureu d'imaginar. Semblava una pel·lícula, i prefereixo que us ho expliqui ell directament:

—Acaba la guerra a l'abril i mon pare va continuar treballant. A los cinc o sis dies, ja estava tot organitzat, truquen a la porta de casa, a la porta del carrer. Vai corrents a obrir i em trobo dos guàrdies civils que em diuen:

—¿Aquí vive Francisco Jiménez?

»Yo dic:

—Sí, yo soy su hijo.

—¿Está tu madre? Dile a tu madre que salga.

»Yo entro a dintre:

—Mama, que unos guardias civiles...

»Sortim tots dos i le diuen:

—¿Usted es la mujer de fulano de tal?

—Sí.

—¿Dónde está?

—Está trabajando.

—¿A dónde trabaja?

—Es maquinista y hoy llega. Esta tarde llega.

—Bueno, pues cuando llegue, que se presente al cuartel de la Guardia Civil.

»Yo, me'n vai a l'estació. Sabia la hora més o menys que venia mon pare, me poso allà al andén, veig que ve el tren que venia él. Él em va veure que yo estava allà, i va parar una mica abans de lo que tenia que parar, porque él va pensar: "Algo pasa".

»I baja i diu:

—¿Qué pasa?

—Mira, que han venido los guardias civiles a buscarte.

Va deixar la màquina a puesto, que l'havia de guardar, jo me vai esperar con él, i tots dos cap a casa. Va arribar a casa, es va rentar, se va treure la roba de feina i yo lo vai acompanyar al cuartel de la Guàrdia Civil.

»Ell se va presentar allà, soy fulano de tal, han venido a buscarme.

—¡Pase! Tú, chico, ahí.

»Me dice "chico". "Tú, chico, ahí". Y yo ahí esperant.

»Vai esperar mitja horeta o por ahí, surt un guàrdia i diu:

—¿Francisco Jiménez Mira?

»El nom del meu pare. I diu:

—Vete para casa, y dile a tu madre que traiga un colchón pa tu padre, que se queda aquí.

»Cap a casa... Esto sembla una pel·lícula de Fellini. Cap a casa i l'hi dic a la meva mare. Teníem un matalàs de vuitanta, més o menys. Lo vam embolicar, lo vai carregar yo, més que ma mare, i ya tens la pel·lícula de Fellini. Yo con el matalàs, caminant un quilómetro, que estava aquello, aproximadament, amb la meva mare al costat. Arribem allà.

—Venimos a traer esto, que...

—Ah, sí, ¡venga!

»Agafen el matalàs, cap a dintre, y ya está. Ya s'ha acabat.

»Al meu pare lo porten a la presó aquel dia y ya está. ¿Por qué? No lo sabia ningú. No havia denuncia, no havia nada. Bueno, ahí deien això, no? Però algú l'havia denunciat.

»Total, el meu pare està a la presó, i el dia següent detenen el seu germà. El petit, l'oncle Pedro. També lo detenen, porque aquest havia estat a la guerra i no havia volgut fugir. Havia tingut la oportunitat de marxar, i ell va dir que no, que no tenia por de res, i es va quedar.

L'avi li tenia molta admiració, al seu tiet Pedro. Era el tiet jove, i el tenia com un referent. Diuen que tenia una energia especial. Tothom li deia que marxés, perquè, com que havia estat embolicat en temes polítics i de la guerra, segurament el detindrien. Però ell sempre deia: «No tengo las manos manchadas de sangre». I, com que no havia fet res dolent, es va quedar a Alcázar i finalment el van detenir.

—Lo van engiguerar i van juntar a los dos germans allà.

M'ha costat entendre-ho, però «engiguerar» és la seva traducció al català d'«enchironar», que és una manera de dir «posar algú a la presó».

—Los foten a la presó. La presó presó, la presó oficial. Fins que es va fer petita, porque hi va haver tanta gent que van detindre, que van tenir que habilitar un antic convent que estava buit. Li deien Santa Clara.

»Hi van portar el meu pare i centenars, porqué allà havia mils de persones preses.

»Allavons la vida sí que va canviar, porque mon pare no treballava, ma mare no havia treballat mai, les meves germanes eren molt petites, i el que quedava era jo, a punt de fer catorze anys.

I, vinga, amb aquesta edat, intenta guanyar diners com puguis! Jo, als catorze anys, tenia claríssim que volia fer teatre. Entre setmana anava a l'institut, no estudiava i esperava que arribés el dissabte per agafar un tren per anar a Barcelona i fer teatre. Al tornar, si m'adormia i em passava d'estació, em despertava en un altre poble. Llavors m'enfadava perquè havia d'esperar un tren de tornada i arribava una mica més tard a Vilanova. Un cop allà, la majoria de vegades, si li plorava una mica al meu pare per telèfon, aconseguia que vingués a buscar-me amb cotxe per no haver de caminar mitja hora fins a casa. Aquesta és l'única preocupació que jo tenia a l'edat en què el meu avi anava a l'estació d'Alcázar i s'inventava el que podia per poder ajudar a casa.

—¿Quiere usted que le lleve la maleta?

I li portava la maleta com podia, i li donaven una pesseta.

—¿Quiere que le acompañe? ¿Busca hotel?

I, si no, venia tabac als militars...

—Qué se yo... me las ingeniaba.

De vegades venia taronges i li compraven des de la finestra del tren, o li donaven una cantimplora i li deien: «Llénala de vino», i ell corrent a omplir-la abans que sortís el tren. Altres vegades, feia coses més simples, com portar «botijo de agua» perquè en fessin un glop i li donaven alguns diners.

Tot i que algun cop, se li havien emportat el «botijo». No et pots refiar de tothom.

—Una vegada vaig acompanyar un viatjant de sabates que portava una maleta con un mostrari, i jo portava la maleta que a dures penes la podia arrastrar. Vai recórrer totes les sabateries i, quan vam acabar, em va donar dos pessetes. Dos peles! Tota la tarda, vai estar amb ell. Dos pessetes, aquell dia.

Anava rascant pessetes d'on podia, i si s'havia de passar tota la tarda carretejant una maleta amunt i avall per només dues peles, ho feia. Però aleshores un senyor que havia estat a la presó i que el coneixia perquè era amic del seu oncle Pedro, li va dir: «Mira, te he encontrado un trabajo». El va portar a una impremta i, a partir de llavors, es va dedicar a vendre diaris. Al cap de poc va aparèixer un tal Don Antonio, de qui jo ja havia sentit aquest nom més d'una vegada.

—Era un senyor facciós, del movimiento.

I resulta que aquest, com va poder, es va quedar amb l'exclusiva de tots els diaris. I el senyor que ho havia fet fins aleshores i que havia contractat el meu avi va haver de plegar.

—I vam anar a vendre diaris con Don Antonio, que va tenir el detall de que anéssim a vendre diaris con él. El cas era igual, no?

Potser em podria haver saltat aquest detall. Tant era si venia diaris amb un o amb l'altre, però trobo que explica unes quantes coses. Un senyor fatxa que havia fet fora l'altre i s'ho havia quedat tot. I punt, sense miraments. És un fet rellevant, perquè, per la seva ideologia política, el meu avi va haver de fer la vista grossa, per deixar passar allò. Calia guanyar diners com fos!

—Totes aquestes coses les fèiem jo i un altre que va

ser company meu de fatigues, que al seu pare lo van fusellar. Va ser com un germà, el Montiel.

I tots dos, amb catorze anys encara no, a vendre diaris.

—L'estació d'Alcázar era grandíssima. Trens por aquí, por allà... I es venien molts diaris, a l'estació. Pujàvem a los trens, porque allà paraven temps. Uns vint o vint-i-cinc minuts, paraven! Porqué la gent pogués baixar a menjar o prendre algo, no? Havia un restaurant i una cantina!

»I nosaltres aprofitàvem. Pujàvem a los trens i nàvem departament por departament venent diaris: el *Arriba*, el *Ya*, el *Informaciones*... los diaris que portàvem.

Aquests eren els diaris del matí. Després arribaven els de la tarda, que es venien fins a la nit. Quin munt de diaris!

Sempre he pensat que no caldria donar tanta informació durant tot el dia, que així viuríem més tranquils. A més, no n'hi ha tantes, de notícies, però s'han d'omplir tants espais informatius, i programes... que es busquen sota les pedres. Ara m'adono que ja deu venir de lluny, si en un moment com aquell, en què hi havia poques ràdios i cap tele, a la gent ja li agradava l'actualitat.

Total, que l'avi es passava tot el dia amunt i avall amb el Montiel.

—Nosaltres los agafàvem, fèiem una batida por tot el poble, cada un teníem la nostra ruta, i veníem los que veníem.

Primer anaven al cine amb els diaris sota el braç, i el porter els hi deixava entrar. Com que la pel·li era llarga i feien mitja part, la gent sortia a fumar.

—Bueno, a fumar no, porque fumaven dintre. Però quan feien la mitja part, la gent estava allà i venies alguns diaris. Teníem entrada lliure.

I després del cinema anaven als cafès, al casino...

—Los carrers no los recorries porque era fosc, però, allà onte havia gent, entraves a vendre.

I, amb els diaris que els havien quedat, tornaven a l'estació un altre cop.

—Però te daban les dotze de la nit, eh? Yo em passava la vida a l'estació. Al dematí, quan m'aixecava, a les set o por ahí, ya estava a l'estació.

»Con los diaris no és que guanyéssim massa, però entre vendre diaris i "l'acompanyo a trobar alguna direcció"...

—I dels diaris quant en treies?

—Los diaris, fíjate tú, un diari valia quinze cèntims! I a nosaltres nos donaven tres. Tres cèntims per diari. Tenies que vendre cinquanta diaris per fer... re! Guanyàvem tres o quatre peles, porque veníem bastants diaris. I entre trampes que fèiem, porque a vegades en el canvi tornaves cinc cèntims menos, te feies el tonto, i sempre treies alguna coseta més.

Una de les cosetes, per exemple, va ser la verema. Ell i el seu amic Montiel van assabentar-se que hi necessitaven gent, van parlar amb Don Antonio dels diaris i els hi va donar permís per marxar. I cap allà que se'n van anar. Quinze dies sense passar per casa.

—Dormint onte mengen los cavalls!

Es veu que hi treballaven moltes dones grans.

—Sí, eren dones de gent que estaven a la presó i anaven a guanyar-se una pela.

I, quan van tornar, van seguir venent diaris.

—El Montiel va morir fa poc, i con aquest, dia i nit, vam conviure, porque a vegades se quedàvem a dormir a l'estació.

»Molts cops li deia a la meva mare: "Esta noche no vengo". I la meva mare, com una cosa natural! Me quedava a dormir allà porque l'endemà a les sis del dematí empezaban a passar los primers trens. Que la gent anava mig dormida!

»Allí havia una sala d'espera molt grossa i, a l'hivern, tota la nit hi havia un foc a terra con carbó, que això no faltava, a l'estació!

»Però és clar, què passava? Que s'omplíem de polls. Porque allà dormia... Yo allí vaig conèixer carteristes, prostitutes, mendigos... naven a dormir a l'estació i yo dormia al costat d'ells. I a vegades un t'explicava històries: que si ahir vai robar una cartera o ahir vai anar a una botiga i vai robar... I ens codejàvem con ells. I con les prostitutes, pues también convivíem. Havia unos vagons allà aparcats, vells! I allà naven a fer la feina. I a vegades inclús te decían: "Venga, va, nano, vine". I sempre vam tenir aquella vergonya o educació que t'havien donat i mai vam accedir.

»Después se van organisar unes bandes de pillaje, porque clar, tot venia por la fam! Alcázar estava ple de vies, era una estació molt important. I, és clar, de nit estava ple de trens esperant, porque al dia següent tiraven para Madrid o on fos, i los vagons estaven carregats de tot! Porque en el ferrocarril viatjava tot! Por carretera no havia re, tot viatjava por ferrocarril. I, és clar, aquesta gent naven a la nit, obrien un vagó... Obrir un vagó era molt fàcil, porque naven con un precinte que feies un cop i l'obries. Entraven dintre con linternas i robaven.

»Yo em vai trobar con dos amics que eren germans i que

havien venut diaris i es van dedicar a fer això. Van dir: "¡A tomar por saco los periódicos!", porque en una nit guanyaven més que jo en tres mesos! I em deien: "¡Anoche cogimos relojes! ¡Tengo en mi casa cinco o seis relojes!". Otro día: "Tengo en mi casa latas de atún o tengo ropa". Lo que trobaven! Obrien un vagó, obrien els paquets i, lo que els hi semblava bé, ho carregaven.

»Clar, aquesta gent tiraven de pela, s'anaven de casino a la tarde, jugaven, menjaven pasteles, que deien allà, que són pastissos, i bueno, vivien a lo grande!

És curiós que, de tant en tant, em tradueixi alguna paraula, com «pasteles», del castellà. Suposo que ja sap que sé que són pastissos, però em fa gràcia que m'ho vagi dient, com si no ho hagués sentit mai. Tornem a les bandes de «pillaje».

—Un, me'n recordo que treballava d'ebanista. Van carregar un carro con una mula. Nava el carro ple de tot lo que havien pogut plegar! I lo anaven acumulant en un puesto. No podien vendre tanta cosa! Però, és clar, es veu que la Guàrdia Civil, o qui sigui, van dir: «¡Hostia! ¡Esto se ha de acabar!».

»I los perseguien i los perseguien, i a poc a poc, los van anar gafant. Yo vai presenciar cómo van arribar. Naven dos o tres parelles de la Guàrdia Civil. Me'n recordo que van arribar a una fusteria y yo, que sabia ya lo que era, me vai esperar allà i van entrar dintre.

»Ya, alguns, ya no lo feien por menjar! Ya, por vici. Era tan fàcil guanyar-se quinientas o mil peles en una nit! Era una fortuna, i molts se van apuntar a la banda.

»A nosaltres se lo van oferir moltes vegades: "Ven, ven, que en una noche vas a ganar más que con todos los periódicos que vendes" y tal.

»I vam dir que no, que no i que no. I vam fer molt bé, porque si no encara hauria acabat a la presó! Al final los van agafar a tots. A tots.

—Recordo que em vas dir que una vegada, no sé si va ser durant la guerra o després, va arribar algú amb tren i et va donar un pa.

—Bueno, ya vindrà, ya vindrà.

«Este me lo tienes aquí hasta esta noche»

Torno a l'estació per intentar imaginar-me com devia ser llavors. Aquell vestíbul tan gran on m'havia dit que algunes nits hi dormia es deu haver encongit.

A les andanes de les vies hi ha uns quants edificis. Em planto davant d'un d'ells i miro des de fora. Tota la paret interior és una gran fotografia en blanc i negre de com devia ser l'estació llavors. A terra hi veig una llar de foc. Em refereixo al terra de veritat, no al de la fotografia! Potser és aquesta la que l'avi em deia que durant l'hivern omplien de carbó i dormien allà al costat.

Em va explicar tantes coses que hi havia viscut, que em comencen a venir imatges de moments concrets. Segueixo mirant les vies i me'n recordo de l'anècdota que sempre explicava de quan un guàrdia civil li va pegar. Va ser aquí, a l'estació.

—Un dia, les set del dematí, serien... les primeres hores, havia un tren que salía de Alcázar i anava cap a Ciudad Real. Le decían El Correo. I los trens, tots los trens, anaven acompanyats de una parella de la Guàrdia Civil. A més a més, nava policia secreta. Però eso va durar fins los anys quaranta o por ahí, eh?

Ara només hi ha una màquina expenedora, però llavors l'estació tenia un restaurant i una cantina on hi havia una barra per menjar o prendre alguna cosa. A aquella hora del matí tothom feia el cafè, i ell hi va entrar com cada dia per vendre diaris.

—Venc aquí, venc allà, voy a sortir... Pum! Una parella de la Guàrdia Civil. A la porta, a dintre! Y uno dice: «Chico, dame el periódico». Le doy el periódico. Vai posar la mà a la butxaca i le vai donar trenta o quaranta cèntims en calderilla, en moneda de cobre. Se lo poso a la mà i allavons fai así, trec la cartera, que la portava a la butxaca, la obro, i dice: «¿Qué vas a hacer?». Digo: «A darle el cambio en sellos, porque no tengo bastante calderilla».

»Allavons, com que havia tanta escasez de tot, va escasejar la moneda fraccionària. Eren cinc, deu i vint-i-cinc cèntims. Ya te los ensenyaré, porque tinc.

»És clar, va escasejar molt, i el govern va dictar que los sellos de correus servirien como monedes. Allavons, un sello de correus que valia trenta cèntims, pues eren trenta cèntims! Era paper de l'Estat! Los tenies en una capseta o en una cartera, i a tu te donaven una pela de paper i donaves el canvi de sellos. I la gent lo aceptava porque era llei! Porque era así. A botigues, a tot arreu.

»"A mí tú no me das sellos. Tú me tienes que dar to calderilla". Nosaltres, la calderilla que la gent ens donava, l'agafàvem i se l'anàvem guardant a la butxaca del pantaló, porque, con aquesta calderilla, després anàvem al restaurant que havia Doña Juaquina, le donàvem noranta cèntims i ella ens donava una pela. O sea, un deu per cent més. I a més a més, ens regalava plàtans que estaven a punt de llençar o alguna fruita que quedava, como compensació. I, és clar, per guanyar-te deu cèntims, miraves d'anar acumulant i traficar los sellos.

Ja va pensar que no era bona idea donar-li segells, a aquell guàrdia, si no volia problemes, però suposo que va intentar donar-li una mica de cada.

Almenys li quedaria una mica de moneda menuda per poder fer els seus intercanvis amb Doña Juaquina. El guàrdia, esperant el canvi...

—Y yo con la cartera así, oberta, i el puta se fija que en la cartera sobresortia un billete de la república de dos pesetas. Estos billets que va emitir la república estaven ja anul·lats. Tenia uno de dos peles i uno de una pela, que los havia guardat como una curiositat. L'estira y dice: «¿Qué es esto?». Digo: «Es que yo hago colección, y me lo he guardao para...», però yo, ya, mig temblant. I, de cop: Paaaaaa!!! Paaaaaa!!! Me va donar dos hostias que em va fer tambalear d'una banda a l'altra.

»El otro le decía: "¡Deja al chico!". El guardia bueno. Porque és veritat, eh? El guardia bueno y el guardia malo. Y el guardia bueno le decía: "Déjalo, al chico, hombre, ¡déjalo!".

»Quan me va donar les dos hostias, em vai posar a plorar, porque... Però plorar de ràbia! Era de ràbia.

»"¡Este es un rojo indecente!!!". Los billets los va fer mil trossos. Em va fer que le dongués tot el canvi en calderilla i em va agafar i diu: "Vine amb mi". Aquests tios anaven en aquel tren, que sortia al cap d'un quart d'hora.

»"Qué suerte tienes que me voy ahora de vigilancia. Pero cuando vuelva a la noche, ya te agarraré". I em va portar a una comissaria que havia en la estación de Alcázar. Una comissaria de policia secreta. Naven vestits de paisà. Me porta allà, entrem dintre i el comissari que hi havia, que em coneixia porque cada dia ens vèiem por allà i algun dia em comprava el diari, diu: "¿Qué pasa?". "¡Este es un rojo indecente! Este me lo tienes aquí hasta esta noche. Cuando yo vuelva, quiero que esté aquí. Que ya lo cogeré yo". Y el comisario le dice: "No pases pena, que el chico estará aquí. Ya puedes marcharte". I aquel se'n va.

»Yo, una de les coses que em preocupava més és que vivíem en una casa que estava al costat, paret por paret de la Guàrdia Civil, i vèiem cómo donaven pallisses. Des de una finestreta petita que teníem, vèiem cómo al pati, al corral, que deien allà, apallissaven la gent. Estraperlistes, gent d'idees... lo que sigui. Los que anaven allà los apallissaven. I yo lo primer que vai pensar va ser: "Hòstia, ara me ficaran allà i la meva mare me veurà des de casa". Clar, porque la mare estava a prop de la cuina, i moltes vegades mirava. I eso es lo que em va sapiguer més greu. Yo pensava: "Hòstia, la meva mare, quan em vegi".

És brutal que pensés això. Que just en aquell moment d'incertesa el que més li preocupés no fos la pallissa que li podien fotre, sinó que la seva mare la veiés. Em sembla preciós.

—Els dos guàrdies havien marxat para el tren i el comissari me dice: «¿Qué te ha pasao?». Él no sabia por qué estava allà! Podria haver robat! I yo le explico: «Mira, me ha passat eso...».

»Mira fora. El tren encara estava allà, i diu: «Mira, se va el tren ya. Tú te vas ahora. Vende los periódicos como siempre, todo el día. Ahora, vigila a la noche. Cuando venga este señor, vigílalo, ¿eh? ¡No hoy! ¡Vigílalo unos cuantos días! Vigílalo, ¿eh? Ya te puedes marchar».

»Em va deixar marxar.

»I aquel, no sé si va tornar. O si, quan va tornar, el comissari aquest le va dir: "Por una cosa así no...". En fin! Que aquest tio no va nar darrere meu; i, si hi va anar, no em va trobar. Però que no va passar res més i yo vai continuar fent lo de sempre. Em va passar por culpa de no donar-li el canvi. No volia sellos, aquel tio.

—I no el vas veure per allà, els dies següents?

—Sí que lo veia! I tant, que lo veia! Con un bigote que portava, así de aquellos que tiraven amunt tipo Dalí. I ya lo vigilava, ya! Porque esta gent sempre estaven en la estació. Arribava un tren, pujaven uns, baixaven uns altres... I ya ho vigilava, ya! Naven con capa, encara! La Guardia Civil portava una capa. Una capa negra. Que si llegeixes «El romance de la Guardia Civil» de Lorca, ahí verás com anaven.

»I, escolta'm, un odi terrible a la Guardia Civil. Un odi terrible. Tota la vida. Ahora considero que han canviat una mica, que són gent que salven moltes vides, que ayudan molt... Però allavons era terrible, la Guardia Civil. I aquest record no se m'olbidarà mai.

»Allí yo no era molt alt. No, no havia crescut gaire. Era de complexió flaca, porque no havia per dinar. I yo penso: "Aquest tio, las hostias que me dio, por res!".

Recorda que hi havia Guàrdia Civil pertot arreu i per qualsevol cosa et podies posar en problemes. Com el dia que anava xiulant sol pel carrer i de cop un militar el va agafar i li va dir: «¡Oye, chico! Tú vas silbando *La Internacional*». Aquell guàrdia no sabia que el meu avi no era tan ximple per xiular *La Internacional* al passar pel seu costat. De fet, era la cançó d'una pel·lícula de Fred Astaire, el que xiulava.

A qualsevol lloc on anessis et podien assenyalar pel que estaves fent o acusar-te: «¡Tú eres un rojo!».

—Estaves vigilat por tot arreu.

Hi ha anècdotes que em va explicar fa temps i em van quedar marcades. D'aquelles que sap tota la família i que cada u n'ha fet la seva versió. Jo tenia ganes de demanar-li que me les repetís per tornar i saber-ne la versió oficial.

—I allò que em vas explicar una vegada, d'un que venia regalèssies?

—Aaaaah clar, se m'ha passat! Sí, sí. Allà a l'estació no veníem només nosaltres. Havia gent que entrava a vendre taronges, a vendre lo que sigui. Alguns venien regalèssia, porqué allí n'hi havia molta. Havia unos arenals i estava ple. I un home portava agafat un feix sota el braç i tu deies: «Deme cinco céntimos», i te tallava un tros. Nosaltres dèiem: «De esta más gorda», perquè sempre anàvem a buscar la més grossa. En portava de grossa, eh? De trenta milímetros o por ahí.

»Un dia, aquell pobre hombre estaba por ahí deambulant, a veure si venia algo.

»Yo estava a prop i vai veure passar un guardia civil que va fer molt mal, allà. Es deia Marcial. No vestia de guàrdia civil, ell anava de paisà, estava com de secreta. I anava acompanyant un que havia sigut maquinista, el Quintanilla, que era el que mon pare sospitava que lo havia denunciat. Aquest maquinista té una història, ja te l'explicaré.

El meu besavi creia que estava a la presó per culpa d'aquest Quintanilla. Quedeu-vos amb el seu nom, perquè tornarà a aparèixer.

—Los vai veure i me vai quedar parat. Iban los dos i le pregunten al de la regalèssia: «¿Qué haces tú aquí?». Y aquel dice: «Hombre, a ver si puedo vender un poco de paloluz». Y le dice aquel: «¿A ver? ¿A ver?». Mira, i la més grossa que veu, l'estira. Era como de vuitanta centímetros. I li diu: «Vente con nosotros».

»Era al caure de la tarda. Mig de dia, mig de nit. Estaven en el andén, havia dos o tres vies i, a l'altra banda, al costat del dipòsit de màquines, havia piles de llenya que les utilitzaven per encendre les màquines.

»El fan passar allà, darrere la leñera, que le deien. Jo parat, i al cap de dos segons, vai sentir los crits que feia aquell home, de la pallissa que le estaven donant. Lo van deixar estès allà i después los dos van tornar por fora. I aquel pobre hombre, pues es va quedar allà, fins que va poder aixecar-se. Le van donar una pallissa con la mateixa mercancía que él portava.

—I això era perquè sí?

—Sí, porque les va picar. Aquesta gent sempre estaven vigilant l'estació. Se ficaven con gent que viatjava sense bitllet, con gent que podia robar... Na, a fer la punyeta.

»Amb mi, mai se van ficar. Primer porque el maquinista, el Quintanilla aquel, sabia qui era yo; penso que por això. I el guàrdia pues porque... Cap guàrdia s'havia ficat amb mi, ni amb ningú que veníem diaris, porque consideraven que estàvem fent una feina, que veníem diaris i ya està.

És curiosa, la memòria. Sempre explicava l'anècdota d'aquell guàrdia civil que li va pegar quan havia volgut tornar-li el canvi amb segells en comptes de monedes, i ara m'acabava de dir que a ell no li havien dit mai res. Suposo que, tenint en compte tot el que feia la guàrdia civil, tenir-hi una topada només un dia era com si no hagués passat mai res. Que tot i així, va tenir sort. Tret del parell d'hòsties que es va emportar de propina.

Marxo de l'estació. S'hi respira un silenci que m'agrada. Vull trobar els altres llocs que l'avi va trepitjar.

Pregunta pel Paco

«Siempre viene gente como tú», em diu.

—¿Así, a lo loco, sin avisar? —li pregunto.

—Sí, gente que viene a preguntar por sus familiares —em diu el Paco, que treballa a l'arxiu històric.

Parlant per telèfon, el meu germà em va dir que anés a l'arxiu històric d'Alcázar a veure si hi trobava coses, però li vaig dir que no ho tenia pensat i que tampoc tenia coses concretes per buscar. Em feia una mica de mandra preguntar on era l'arxiu i que tot plegat fos massa burocràtic i massa lent. Però ahir m'ho vaig tornar a rumiar i vaig apropar-me a l'oficina de turisme. Una dona em va dir que l'arxiu estava al patronat de cultura.

—En el piso de arriba de la biblioteca. Si pasas mañana, pregunta por Paco Atienza, que es historiador y te puede enseñar lo que quieras.

He recorregut tot l'edifici buscant l'arxiu i al final una oficinista m'ha dit que el Paco estava en una reunió a l'ajuntament. Li he deixat una nota i m'ha dit que ja em trucaria. Baixant les escales per marxar, m'he creuat amb un senyor i ens hem quedat mirant. De cop he pensat que era el tal Paco, no sé per què.

He dubtat entre seguir caminant amb la meva vergonya o preguntar-l'hi mentre em passaven els segons a càmera lenta i ens miràvem tots dos sense dir res. Normalment, la meva timidesa, que la gent que no em coneix creu que no tinc, guanya. Però això d'estar en un lloc nou, m'ha fet llançar i decidir-me a dirli: «¿Eres Paco?», com si es tractés d'una heroïcitat.

Efectivament, era ell. Una hora i mitja, he passat amb el Paco!

Asseguts en una taula plena de papers i carpetes i envoltats d'estanteries amb arxivadors, hem anat parlant tranquillament. Ell no tenia pressa, i jo menys.

Li explico què hi faig, allà.

—Dicen que todo el pueblo tiene algun familiar ferroviario, en Alcázar —em diu quan li dic que el meu besavi era maquinista.

Li explico que va estar a la presó i de seguida em porta un munt de carpetes plenes de papers antics per veure si trobo el seu nom. Em deixa que ho toqui i ho miri tranquil·lament mentre ell fa altres coses. Amb tots aquells papers antics, amb tanta història entre les mans, penso que, per sort, la burocràcia no sempre guanya. Però no trobo el nom enlloc.

Seguim parlant d'aquella època i m'explica els bombardejos que hi va haver. Es veu que ha escrit molt sobre la Guerra Civil, que és una de les seves especialitats.

Jo li pregunto on eren el cine, i el teatre...? I la presó? En un paper, em va dibuixant a mà un mapa improvisat i una mica abstracte, on hi va marcant on és cada cosa perquè la pugui trobar. Després hi aniré.

Li pregunto, llavors, on era la Guàrdia Civil.

—Es que mi abuelo me dijo que él vivía pared por pared.

—¿Pared por pared? ¡Qué curioso!

Dic un tímid i fluix: «¿Por qué?».

—Es donde vivo yo.

De veritat? Això em va perfecte per al llibre! Semblarà inventat, no pot ser, tanta coincidència! Aquest home viu al costat d'on abans hi havia la Guàrdia Civil! Brutal. Es veu que la caserna feia cantonada, i per tant donava a dues cases. Podria ser que el meu avi visqués just on ara viu el Paco o a la casa que dona a l'altre carrer. Només hi ha dues opcions. Ho trobo bastant fort. Ja només faltaria que el Paco, que a sobre té el mateix nom que el meu besavi, visqués a la mateixa casa!

Al paper m'hi dibuixa el lloc i els noms dels carrers que em trobaré pel camí. Està tot a tocar. Quan vagi cap allà també podré veure el cine-teatre Crisfel, on tant li agradava anar. A més, acabo d'aconseguir una informació molt valuosa: «Crisfel» ve de la barreja dels noms de la parella propietària de llavors: Cristóbal y Felisa. M'encanta.

Fa anys que està tancat, però em diu que l'Ajuntament el vol remodelar i tornar-lo a obrir. Seria bonic actuar-hi algun dia.

El Paco m'ha deixat una estona sol. Una estona llarga. Quan ja he mirat totes les parets i he descobert coses que no havia vist, com ara un bagul que sembla molt antic, he començat a apuntar el que li vull preguntar quan torni d'allà on hagi anat. Punt u: Què és aquest bagul?

Després he començat a buscar entre les gravacions de la conversa que vaig tenir amb l'avi i he tornat a escoltar el moment on m'explicava que va acompanyar el seu pare a la Guàrdia Civil perquè li havien dit que s'hi presentés. Llavors li van dir que anés a agafar un matalàs i el portés. Va carregar el matalàs i «Yo con el matalàs, caminant un quilómetro, que estaba aquello, aproximadament, amb la meva mare al costat».

Si vivien paret per paret, com és que va caminar un quilòmetre? No quadra.

El Paco ja ha tornat! L'hi pregunto i em diu que allà no s'hi quedaven a dormir, que devien portar el matalàs fins a la presó.

—Ahora, a un quilómetro... no creo que esté.

—Bueno, a lo mejor, como era pequeño, le pareció más de lo que era —li dic.

Tot i així, vull anar a comprovar què passa amb aquest quilòmetre que em balla.

Ens donem l'adreça de correu electrònic, m'anima a escriure-li si necessito qualsevol cosa i que, si algun dia torno per allà, el passi a veure.

—Gracias a que vais viniendo familiares, también nos ayuda a ir reconstruyendo cosas que pasaron. Por suerte, todos hacéis teatro o sois directores de cine y vais contando lo que pasó de alguna manera u otra —em diu el Paco al marxar.

Això m'ha semblat bonic i he marxat amb ganes de preguntar-li: «Pero ¿quién ha venido aquí?».

He començat a caminar seguint el mapa i he passat per davant del cinema-teatre Crisfel. Es veu molt tancat i una mica atrotinat, ple de pintades. Encara s'hi conserva algun cartell antic i aconsegueixo llegir alguna cosa com «20 coristas de ambos sexos, 20. 12 profesores de orquestra, 12».

Aquí és on el meu avi anava a veure pel·lícules, a vendre diaris i a ajudar quan hi feien teatre. Sé que he fet moltes comparacions amb el cinema perquè li agradava molt i sovint em preguntava si havia vist tal pel·li o tal altra, però hi havia una altra cosa important que ens unia: el teatre.

Al meu avi li agradava molt i va fer bastantes coses de manera no professional. Sempre m'ho explicava i en parlàvem, perquè li agradava que jo —com la meva mare— m'hi dediqués.

—Venia molt teatre, a Alcázar. Yo, durante la guerra, vai veure molt de teatre. Va ser la primera vegada que yo vai veure una dona nua. Feien molt vodevil. Tipo, aquí, la Mary Santpere i aquesta gent. Y, coño, un crío allà al galliner, i havia vist una dona nua!

Deia que molta gent que et trobaves havia estat a la presó i els havien deixat anar o havien sigut ferroviaris i els havien acomiadat. I va conèixer un senyor que feina de tramoista al teatre d'Alcázar.

—Total, que, quan venia una obra, una companyia de teatre, a él le donaven una llista i li deien: una làmpara, dos cadires, una ampolla, un plat... I él, con un carretó que tenia, passava por botigues de mobles i, con la llista aquella, le donaven tot això i yo l'acompanyava. I a la nit m'enava amb ell i muntàvem. Érem los que fèiem el canvi. Vai fer de tramoista un temps! No gaire, però un temps vai estar con aquel home, que entre acte i acte, quan baixava el teló, canviàvem la decoració.

»Yo no cobrava un duro, por allò, eh? Però, por el plaer d'anar i veure la obra de teatre entre cajas i fer els canvis... Em feia gràcia, saps? O sea, que va ser una de les coses que también vai viure.

Vaig fent fotos de tots aquests llocs. La família m'ha dit que els vagi explicant com va. Encara no saben que estic a punt de trobar la casa on va néixer l'avi. Ara que hi penso, les cases antigues em semblen maques. Els edificis nous, diguem que no gaire.

Em pregunto si a la gent que visqui d'aquí a cent anys o més els semblaran bonics aquests edificis que estem fent ara. Quan faig fotos pel poble, m'adono que intento evitar que es vegin els cotxes que hi ha aparcats, perquè la foto queda més lletja. Però, si hi penso, les fotos en blanc i negre on es veuen cotxes antics ens semblen maques.

Em pregunto si d'aquí a uns anys la gent del futur pensarà el mateix dels Opel Corsa i els Seat Ibiza que vegin a les fotos d'ara.

Estic davant d'un solar que fa cantonada. El Paco m'ha dit que era aquí. En una paret hi ha unes lletres grans que semblen d'una antiga discoteca. El que abans era la Guàrdia Civil ara és un solar. Com canvien les coses! La vida en tres etapes: guàrdies civils, discoteca i el no-res.

El mateix terra que van trepitjar uns guàrdies fent pràctiques de tir i fotent pallisses, el va trepitjar després gent borratxa ballant. No descarto que en l'època de la discoteca també hi hagués alguna pallissa gratuïta.

I això està a un quilòmetre del que era la presó? Em poso a la cantonada i agafo el Google Maps per calcular quants metres hi ha fins allà. M'he apuntat on era; ara és una escola. A veure si quadren els números; a veure si quadra la història. Potser és una ximpleria, però ara mateix, en aquest poble que em resulta tan conegut i tan desconegut alhora, em sento com un investigador i m'està encantant. Tinc molta curiositat.

Pam! Vuit-cents metres. Està a vuit-cents metres. Només hi falten dos-cents metres, però ves a saber com eren els carrers llavors! A mi no em ve d'aquests dos-cents metres, però el meu avi era molt precís amb els números. De fet, en tota la conversa que estic transcrivint, no para de dir números. Sempre molt concret: «Era l'any 42», «Jo tenia set anys», «Vaig caminar uns cinc-cents metres» o «La pota de la taula devia fer uns trenta-cinc centímetres de llarg».

De seguida li posava números a tot; i si ell va dir que havia carretejat el matalàs durant un quilòmetre, doncs era un quilòmetre. I això que tenia tretze anys! Se'n recordava.

Me'n vaig caminant cap a l'escola, fent el mateix trajecte que ell va fer carregant el matalàs cap a la presó. En alguns carrers i places del poble hi ha rajoles on diu d'on ve el nom del carrer o hi explica alguna curiositat. Arribo a l'escola i començo a llegir què hi posa. No m'ho puc creure. Explica que allà hi va estar pres Miguel Hernández. Tant que li agradava al meu avi! Si fins i tot he portat fins aquí un llibre seu! Ara dubto si ell sabia que l'Hernández havia estat a la mateixa presó que el seu pare i el seu tiet. Hi va ser dos cops, just abans i just després que ells, però entre les mateixes parets. Ara em faria gràcia preguntar-li si ho sabia, perquè li faria il·lusió, segur.

Busco al mòbil el disc del Serrat musicant els poemes de l'Hernández i em poso els auriculars. Puc recordar perfectament el meu avi preguntant-me: «Has escoltat mai les *Nanas de la Cebolla*?». Li encantava aquell disc. No és que li fes gaire gràcia el Serrat, però a partir de llavors se'n va fer fan. I més d'un cop em va parlar d'aquesta cançó, de que bonica que era.

La vull tornar a escoltar. Si voleu, podeu parar-ho tot, i l'escoltem plegats. Com si no tinguéssim pressa. Com si no passés res per deixar de fer les coses que hem de fer. Com si no passés res per parar durant cinc minuts i cinquanta-dos segons. Com si no passés res per respirar, escoltar una cançó, i seguir vivint.

Alondra de mi casa,
ríete mucho.
Es tu risa en los ojos
la luz del mundo.
Ríete tanto
que en el alma, al oírte,
bata el espacio.

Tu risa me hace libre,
me pone alas.
Soledades me quita,
cárcel me arranca.
Boca que vuela,
corazón que en tus labios
relampaguea.

Auxilio social

—Per on anàvem? És que ens anem d'una banda a l'altra. Aquest home i lo de la verema... Ah!

»Quan el meu pare lo posen a la presó, a casa havia quartos, porque ells havien estalviat una mica i aquests quartos la meva mare los va allargar lo que podia. Entre això i lo que yo li donava, doncs vam anar tirant.

I amb la seva inquietud per trobar la manera d'ajudar a casa com fos, un dia s'assabenta que hi ha un lloc que en deien Auxilio Social. Era un menjador que havien muntat per donar menjar als nens que no en tenen a casa seva.

—I yo arribo un dia allá y digo: «¿Yo puedo venir a comer aquí?». «Sí, sí, ya puedes venir cuando quieras».

»Y aquel mismo dia vai entrar i vai seure en una taula. Las señoritas de la Falange del poble eren les que feien el servei social i eren les que te servien el dinar. I hòstia, això va ser ya...! Arribo a casa: "¡Hostia, que he comido, que he comido!".

»I al dia següent m'emporto a la meva germana. A la Luisi no, porqué era molt petita, m'emporto a la Pepi, i cada dia los dos a menjar al Auxilio Social.

Què passava, però? Que abans de dinar havies de cantar el «Cara al sol». Tots els nens drets amb el braç amunt, cantant. I quan s'acabava la cançó, servien el menjar. A ell li semblava perfecte que li donessin menjar, però tampoc volia acceptar-lo a qualsevol preu.

—El Montiel, aquell amic meu i yo, se les vam ingeniar i li vam dir a la directora (que, per cert, era bona persona; va resultar ser una bona persona), li vam dir: «Nosotros, como estamos vendiendo diarios, no podemos venir. A lo mejor vendremos un poco más tarde».

Si arribaves tard, com a norma, no et donaven menjar. Però la directora els va dir: «Bueno, bueno, bueno, pero mirad de venir pronto».

—I lo que fèiem era que s'esperàvem una mica i, quan havíem sentit o crèiem que ja havien cantat el «Cara al sol», allavons entràvem. Los altres estaven ya a mig menjar i nos servien a nosaltres. Se les vam ingeniar per no cantar el «Cara al sol»!

Vet aquí. Dona'm menjar, però si em puc inventar una petita excusa i no passar per l'aro, millor.

Cada vegada, però, donaven menys menjar.

—Si abans te donaven dos plats, van començar a donar un plat, després la barra de pa era la meitat, després quatre patates, després dos..., i va anar decaient. Fins que va arribar un moment que naves allà, ja no cantaves el «Cara al sol», porque només faltaria, i nos donaven una arengada i fins demà.

Em fa gràcia aquest: «Només faltaria!». Cantar el «Cara al sol» a canvi de tres plats, encara; però a canvi d'una arengada, ja és excessiu.

—Hi vam estar un temps, fins que es va acabar. No

gaire, eh? Cinc o sis mesos, que vam dinar bastant bé i li vam treure feina a la meva mare.

—I el «Cara al sol», on l'havies sentit? Com et va arribar?

—El «Cara al sol» te lo canto yo ara, i han passat anys.

—El vas aprendre de sentir-lo a la ràdio?

—No! És que des del primer dia que van implantar el fascismo, a los carrers, van posar altaveus. Cada cent metros havia un altaveu. I quan a ells les rotava, a qualsevol hora del dia, fins les nou o les deu de la nit, podies sentir el «Cara al sol».

Va aconseguir escaquejar-se de cantar-lo a l'Auxilio Social, però, evidentment, no s'ho va poder estalviar en moltes altres ocasions.

—Te tenies que parar anessis onte anessis, encara que fos a buscar la comadrona porque la dona estava de part. Te tenies que parar, aixecar el braç, i estar sentint el «Cara al sol». Quan s'acabava, seguies caminant.

»I, de tant en tant, te cantaven el himno de la legión. El himno de la muerte ese, "Soy el novio de la muerte...", pues també lo cantàvem, porque te lo ficaven dintre. I te tenies que parar i aixecar el braç. I encara que no veiessis ningú, no sabies si t'estaven vigilant, havies de parar. Te vigilaven pertot arreu.

»Si anaves al cine, a la mitja part se il·luminava, s'encenien les llums, sonava el "Cara al sol" mentres salía la foto de Franco a la pantalla, i a aixecar el braç i cantar el "Cara al sol".

»I això, tot el dia. Tu diràs, si no t'aprenies el "Cara al sol"! Te lo ficaven aquí dintre!

Queda clar que el sentien dia i nit, perquè mentre m'ho explicava no parava de dir «Cara al sol», com si volgués deixar molt clar que no parava de repetir-se i repetir-se i repetir-se.

—Pero eso encara aquí, a Vilanova, quan jo vai vindre, també ho feien. Va durar! Ya eren los anys quaranta i per començar posaven un No-Do, això sí! Tu no lo vas conèixer, el No-Do. Era el noticiero del règim. «Noticias y documentales». Allà te tenies que tragar el No-Do. Molta gent arribava tard al cine per no veure'l.

De petit, a Alcázar, arribava tard al menjador de l'Auxilio Social per no cantar el «Cara al sol», i de més gran, a Vilanova, arribava tard al cine per no veure el No-Do. M'agrada comprovar que a una dictadura que ha planejat mil coses per controlar la gent se li poden escapar aquestes coses tan petites. Era tan simple com arribar una mica més tard.

—I després, los diumenges i dies de fiesta, a la plaça del poble feien missa de campanya. Montaven un altar al mig de la plaça. La plaça d'Alcázar té sis o set carrers que convergen allà.

»Si t'agafava dintre de la plaça, no podies sortir, porque tots los carrers estaven con guàrdies civils o militars, que se plantaven allà. I, si estaves a prop, te cridaven també que entressis a dintre de la plaça. I allavons tenies que escoltar la missa. Si la missa durava una hora, pues tu tenies que estar fent lo que allà te deien. Ajunejar-te, besar, bueno..., tu ja feies lo que volies. Movies la boca i ja està!

»Això va durar temps i temps i temps.

»I bueno, ara ja arribem a un cas famós. Bueno, primer t'explico l'altre que tu deies.

El pa
(petita història 3)

Aquesta història me la va explicar quan jo era petit i em va quedar gravada. Em semblava com una escena de pel·lícula. En aquell moment, vaig pensar: «Això, va viure? Uau!». Allà se'm va despertar la curiositat per saber més coses de la seva vida: «Si té aquesta anècdota», em vaig dir, «segur que en deu tenir mil més».

Quan li vaig proposar de fer la gravació, volia tornar-ho a sentir, per no perdre-me'n cap detall.

—Esta nit que te vai explicar: quan passaven les nou o les deu de la nit, trobàvem la gent sopant.

»Abans, com que los viatges eren tan llargs, porque duraven un dia (yo anava de aquí a Madrid i trigava vint-i-quatre hores!), pues clar, la gent portava fiambreres. Se feien el menjar i menjaven en el tren. El que tenia molta pela baixava a los restaurants o nava al cotxe restaurant. Però normalment, la mayoría de la gent menjaven al vagó.

»Passaves por allí i le vendies el diari. Si te lo compraven, a lo millor le deies: «¿Que les sobra algo?». A mi no em cauen els anells. Yo lo deia igual: «Que les sobra algo de cenar?». I siempre te donaven mig bocadillo, un tros de truita que els hi sobrava, i aquello tu te lo menjaves i ya está. Però una nit, entro, arribo a un puesto, me compran el diari y le digo: «¿Les ha sobrao algo de cenar?».

»Era un matrimonio, y le dice: «Dale! Dale el pan al chico!». Aquel gafa la maleta, la posa sobre el seient, la obre: un pan así, de quilo i mig! D'aquel blanc, que portava la creu así... Escolta'm...!

»"Toma".

»Jo, quan veig allò, ostres, me poso el pa sota el braç, ni diaris, ni hòsties! Eren sobre les dotze de la nit. Me'n vai cap a casa (jo ja portava la clau sempre, perquè sempre arribava a les dotze o la una), obro la porta, escaleras amunt (vivíem en un primer) i entro a l'habitació.

»La meva mare dormia con les meves dos germanes. Una a cada lao. I yo arribo i ma mare dice: "¿Ya estás aquí!?".

—Sí, sí, sí, mira, ¡mira lo que traigo!

»Yo veig la escena. Eso... eso sí que es felliniano. La meva mare al mig. Cada germana al costat. Les tres s'aixequen i s'assenten al llit. I yo les ensenyo el pa. Hòstia, tu! Dice ma mare: "¡Trae un cuchillo!".

»Me'n vai a la cuina, porto un ganivet, gafe ma mare, talla el pa, un tros pa ti, un tros pa mi, el altre pa l'altre... A les dotze de la nit, eh?

»Nem a mossegar el pa...: estava ple de colònia. Aquell cabrón, es veu que a la maleta se les havia trabucat un pot de colònia i havia anat a parar al pa. El pa lo havia absorbit. Tot mullat. Per això me lo havia donat.

»I escolta'm, yo ara no recordo, eh? No te vull dir sí o no, però yo crec que se vam menjar el pa con la colònia i tot. Aquello era por verlo. A les dotze de la nit, tres persones sentats en un llit, yo al costat, con un tros de pa que sabia a colònia! Això va ser la leche.

Dins la presó

—Jo anava fent tot això, però mentrestant mon pare estava a la presó. I allavons, de tant en tant, le portàvem alguna coseta. Porque, és clar, el dinar que li donaven a la presó era mínim. I, com podia, la meva mare esgarrapava qualsevol cosa. Agafava el cistell, anava a la porta de la presó i sortien uns ordenances (bueno, que eren presos, també), agafaven el cistell, lo entraven dintre i lo treien buit. Deixaven el que portàvem i ens el tornaven.

Quan hi anaven no sabien si l'hi trobarien, perquè de matinada sentien trets.

Li portaven el dinar, preguntaven per ell i llavors sabien si seguia allà. Quina angoixa esperar amb el cistell ple. Esperar que cap dels trets d'aquella matinada haguessin sigut per a ell.

—Allavons molts presos, como por exemple el germà de mon pare, en el cistell, que era de mimbre, havia buidat un mimbre i escrivia notes en paper de fumar, o paper prim, les enrollava i les ficava dintre de la rama aquella. Tinc les notes que él enviava a la seva dona, que les podràs llegir, si vols.

»Mon pare pues també ho amagava en qualsevol puesto. Cada u se les basquejava...

Querida Petra,

Te voy a contar algo de lo que aquí hacemos, para que cuando oigas hablar de cómo estamos, tú no digas nada, pero compara lo que te dicen con lo que es la verdad.

En una habitación que llego yo con la mano en el techo, capaz para treinta personas, nos tienen a sesenta y hemos dormido hasta ochenta y cinco. Esta cuadra no tiene retrete y todas las necesidades las tenemos que hacer en una lata.

A esta pocilga nos meten a las siete de la tarde y no nos abren hasta las siete de la mañana. El turno que está Domi, nos tiene en los patios hasta las once de la noche, porque es más humano que D. Bravo, y ya te podrás figurar: cuando llegan las once de la noche, no se puede respirar de calor y olor, pues además de la latita nos comemos el rancho aquí dentro; y, como lo hacen con sebo, pues ya te puedes figurar el olor que hay aquí. Y esto no es porque no haya sitio, pues hay suficiente para tenernos en otro sitio mejor, pero eso sería muy humano. Pero a los rojos no se les puede tratar mejor, pues muchos de ellos no creen en Dios; y, en castigo, los que creen, les imponen estos castigos. Muchas cosas más te podría contar, pero no quiero amargarte más la vida. Pero te digo esto porque me supongo que alguien te regalará los oídos diciéndote que estamos muy bien.

Mi estado es muy bueno, pues me encuentro como siempre, así que tú estate tranquila, pues tengo la seguridad que tú estás más preocupada que yo. Pues, aunque no lo creas, esto, más que setenta hombres condenados a muerte, parece una juerga, pues todo el día lo pasamos cantando y jugando, pues todos estamos muy tranquilos y no pensamos que nos van a matar. Claro que esto es como siempre, que el que tenga influencia tiene la seguridad de que se salvará; y los que no, no pensamos en la muerte, sino en que aun nos queda mucha vida.

Recibid muchos besos de vuestro

PEDRO

Per saber si havien rebut bé la nota, hi escrivia indicacions com ara: «Si recibes esta nota, manda un pañuelo en la comida» o «El día que no me mandes nota en la cesta, me mandas una cuchara, para saber que no viene y no pensar que la hayan cogido».

—I, és clar, tant de temps allà dintre que no feien res, los presos, que tots eren presos políticos, van començar a fer coses.

»Feien unos ninotets. Con la miga de pa feien el cap, se basquejaven por allà buscant un clau per fer el cos, i van començar a fer anells. Anells! I los feien con fitxes de dòmino. Porqué les fitxes de dòmino antigues que havia llavons eren de marfil i aprofitaven el blanc i negre i li feien un forat. Com podien, eh? Ellos se las imaginaven. Allà tenien llimes i les utilitzaven.

Llimes a la presó? Aquesta sí que no me l'esperava.

—Esta gent era gent política, no estaven per escapar-se ni molt menys! Les tenien que amagar, però les donaven una mica de corda, porque sabien que aquesta gent no faria res.

»I saps què va passar? Que en los bars es van donar conta que faltaven fitxes. Porque tu demanaves un dòmino per jugar i: "Eeeh!! Aquí falten dos fitxes!". I és porque anava gent, les agafaven i les enviaven cap a la presó perquè fessin els anells. Uns anells fantàstics!

»Fíjate, un anell de marfil blanc i negre. Yo los havia vist.

El tiet Pedro no s'oblidava mai de la seva filla Olga, a les cartes: «¿Le ha gustado a mi Olguita el anillo?».

—El meu oncle, a mi em va fer una baralla de cartes. Con cartrons! I dibuixats!:

> *Si puedes, y encuentras, me mandas una caja vacía, de las lanas o de algo parecido. Sobre todo, que sea el cartón fino y tenga una cara blanca, para hacerle a la Olguita una cosa. ¿Me la mandarás pronto?*

—Mon pare va fer una plaza de toros. Pero así, eh? Immensa! Yo no sé cómo...! La plaça de toros del seu poble, que él la recordava.

Ara lligo caps! Un parell d'anys abans que comencés la guerra, en aquella plaça de Manzanares, el poble on el meu avi va viure els set primers anys de vida, hi havia mort el torero Sánchez Mejías a les cinc de la tarda. Federico García Lorca era molt amic seu i li va dedicar un poema que el meu avi, anys més tard, recitaria sovint: «¡Eran las cinco en todos los relojes!».

Me'n recordo que un dia, quan jo era adolescent, vam anar tots dos al teatre de Vilanova a veure el Juan Echanove fent de Lorca buidant el pis dels avis, el CD de l'espectacle. Petites voltes de tot plegat.

—Yo passava cada dia por aquella presó, i el meu pare des de una finestra em feia así saludant amb la mà. Yo ya em sabia la finestra, i pasava expressament, cridava el nom de los diaris, i él ya em veia i yo li feia así. I és el contacte que tenia.

Tot per una pela
(petita història 4)

No he trobat cap parada de xurros, i mira que l'he buscat. Un diari sí. Deu ser bastant diferent dels que venia el meu avi amb el seu amic Montiel, però al passar per davant d'un quiosc m'ha fet gràcia mirar quins diaris tenien. *El Semanal de La Mancha*, d'Alcázar i d'uns quants pobles del costat, gratuït. *Mancha Información*, de tota la regió, gratuït. I *La Tribuna*, que es veu que cada dia vola i a l'hora que jo em llevo ja no en quedaven, també gratuït.

Mira que hi havia diaris, fa anys, i ara els que hi ha són gratuïts, en paper o digitals. Així que no m'han pogut prendre el pèl com feia el meu avi.

—Una altra cosa que fèiem també aquel amic meu i yo, és que quan el diari era extraordinario (porqué era el 18 de julio o la commemoració de no sé què), los diaris portaven més fulles, saps? Però valia lo mateix. Allavons lo que fèiem, era que lo fraccionàvem en fulles i les fulles les veníem al mateix preu.

»Allavons se utilizava el paper de diari per moltes coses! Les dones, para les cuines, utilitzaven paper de diari. Porque, és clar, no havia una altra història! Para embolicar los bocatas, si anaven a treballar, se utilizava el paper de diari. El paper de diari se utilizaba para el vàter! Se feien quadres, de pam quadrat, se tallava con tisoras o com fos, s'enganxaven en un ganxo, i se penjaven en el vàter! Para netejar, porque no había paper de vàter como hi ha ara!

»Te deien: "¿Que tienes papeles viejos?". Volia dir diaris atrassats. Lo veníem a les dones como papel viejo, i de un diari que valia quinze cèntims, pues a lo millor sortien trenta o quaranta cèntims.

»O sea, inventar las mil i una per poder treure una pela.

—Espera, que canvio la cinta...

—Has de canviar?

—Sí, abans que es pari...

—Vale, yo vai a...voy al vàter. Hòstia, portem dos hores, chico!

—Ara et poso més aigua.

Hem trepitjat el mateix terra

Casa Escudero, aquí és. Quina botiga més bonica. És la que em va cridar l'atenció el dia que vaig arribar pels seus rètols antics, els marcs de les portes de color blau i els aparadors plens de joguines. Fundada el 1900! Ahir no en tenia ni idea, però avui sé que hi va treballar el tiet del meu avi, i per això hi he tornat.

Quan vaig anar a l'arxiu a conèixer el Paco li vaig explicar la història de les cartes que el tiet Pedro va escriure des de la presó. Com que les porto transcrites i impreses, em va demanar si les podia llegir. Els noms de les persones estan en negreta, així que només va anar mirant si li sonava algun nom.

Anava fent cares i comentaris com: «Mira, este que sale aquí, era el alcalde de entonces», o «Uy, este nombre lo he oído muchas veces. Yo no quiero decir nada, pero...». Sembla ser que és algú que es va aficionar a denunciar gent. «Casa Escudero: esta tienda aún existe y está en la misma calle».

Quan em va dir això, vaig mirar què hi posava, a la carta:

Mi actuación durante todo el movimiento se desarrolló dentro de un idealismo político, con la nobleza que exige una cosa tan sagrada como es una idea política y con procedimientos más humanos que esta encierra, por lo que protegí a aquellas personas que lo precisaban, como puedo citar el caso de D. Pedro Escudero, donde yo trabajaba, que para protegerle me marché a vivir a su casa, evitando una noche que fuera asesinado por mi intervención.

I aquí estic, davant d'aquesta botiga que em va semblar maca el primer dia. Avui encara m'ho sembla, però sumant-li que ara conec el seu passat. Ja volia fer-li una foto, i avui l'hi faré segur.

Entro i demano si puc mirar una mica. És preciosa, sí. Ara hi venen joguines, però es veu clarament que abans era una merceria. En algun racó encara hi ha capses antigues de sabates plenes de botons.

Acabo comprant una cartera, per comprar alguna cosa i per intentar tenir una mica de conversa amb el dependent. M'explica que és la botiga més antiga de tot el poble. Diu que es conserva tot bastant igual. Després de la guerra van haver d'arreglar alguna cosa i als anys vuitanta va deixar de ser merceria.

Em quedo una estona mirant i, de cop, penso: Que curiós. El meu besavi, el seu germà, el meu avi i jo, hem trepitjat el mateix terra. És una sensació estranya, aquesta d'estar en un lloc on saps que hi van passar coses, que ara ja no passen. On hi havia una vida, que ara és completament diferent.

Ara que sé què va passar en alguns d'aquests llocs, miro la resta de carrers i edificis intentant imaginar-me el que devia passar llavors. Cada pas que fem està ple d'alguna història, però de la majoria de llocs que trepitgem no en sabem res.

Sabeu el passat del terra on ara esteu llegint el llibre? És bonic, imaginar-se'l.

A la cantonada on soc ara, potser algú va fer el seu primer petó, o a algú li van robar la cartera, o un nen petit va fer els primers passos. O potser algú va prendre una decisió important just al creuar per aquí, o van tirar una bomba allà on ara veig una botiga de roba.

El meu avi em va dir que va veure el poble molt diferent, quan hi va tornar de gran. Si el veiés ara, segurament al·lucinaria. El que abans era la caserna de la Guàrdia Civil, temps després va ser una discoteca i ara és un solar. El que llavors era la presó, ara és una escola. El que aleshores era l'Auxilio Social, on donaven dinar a canvi de cantar el «Cara al sol», ara és el casino del poble i hi ha una pissarra on s'anuncia un menú casolà per deu euros.

Arribo al convent de Santa Clara, l'edifici que van habilitar com a presó perquè no tenien espai per a tots els presos i on van empresonar el meu besavi i el seu germà. Ara hi ha un hotel tancat amb una pancarta on hi diu: «El sitio ideal para celebrar tu boda».

Fa temps, hi havia centenars de presos obligats a dormir a un lloc on fa pocs dies hi podies anar a dormir per pròpia voluntat i pagant. El que fa temps, per un pres, va ser un lloc per oblidar, es veu que fa res era el lloc ideal per casar-se.

M'apropo a la paret de l'antic convent-presó-hotel per llegir una d'aquestes rajoles que hi ha pel poble amb informació del lloc. A veure si hi diu alguna cosa del passat. I sí, entre altres coses, hi posa que el 1830 «una monja alcazareña, de nombre Carmen Sánchez Mateos, aprendió de una monja toledana la receta de un bizcocho que luego dio fama a las tortas de Alcázar».

Calla, que potser m'he equivocat i no era aquí, penso. M'apropo un moment a l'arxiu, que està al costat, a veure si hi trobo el Paco.

—¿Era allí, la prisión? ¡Porque en la pared solo habla de las tortas!

Una mica capcot i avergonyit, em diu que sí, que és allà mateix, i que amb el nou govern estan intentant canviar els textos de les rajoles. Cap novetat, aquesta que no s'expliqui tot el passat.

Torno cap a la plaça i miro un altre cop el convent de Santa Clara. Per una d'aquestes finestres, era per on el meu besavi saludava el meu avi quan passava per allà anunciant els diaris.

És des d'aquí que el tiet Pedro va escriure les primeres cartes, abans que el traslladessin a una altra presó. Com que les porto a sobre, m'assec en un banc amb un arbre florit al costat, tot lila, preciós. El sol pica i tinc el convent just al davant.

Ara sí, crec que és el lloc i el moment de començar-les a llegir.

Querida Petra,

Te escribo para darte esta alegría, ya que no puedo darte otras mayores que yo desearía, como sería el poder estar a tu lado y besarte todo lo que tú y yo quisiéramos. Pero, en fin, tendremos paciencia, que algún día llegará, y entonces viviremos una vida que nos pertenece, pues esta que vivimos, aunque con mucha resignación, no es la que nos merecemos, pues tú y yo sabemos que solo tenemos derecho a estar juntos para amarnos, pues esta situación la han querido los hombres que por saciar deseos de venganza no reparan en perjudicar la felicidad de un hogar. Pero, en fin, nuestro gran cariño sabrá imponernos la paciencia necesaria para esperar un día mejor en que la razón se imponga y podamos disfrutar.

El estado de ánimo mío es como el primer día, con la convic-

ción de que no me matarán porque no puede llegar la maldad de los hombres hasta tal extremo, así que esto me hace estar tranquilo y comer y dormir como siempre, pues todos se admiran de cómo duermo, pues, como sabes, me ocurría cuando estábamos juntos y me ocurre ahora, que apenas me da tiempo a desnudarme. Si quienes me tienen aquí metido me vieran, se convencerían de que mi conciencia está más tranquila que la de ellos.

N'hi ha tantes, i són tan bèsties... No sé què devia pensar el meu besavi en aquell moment. M'hauria agradat saber-ho. Ell també escrivia notes des de la presó, m'ho va dir l'avi, però es devien perdre. Les cartes del seu tiet Pedro sí que es van conservar, i és brutal les coses boniques que diu a la seva dona Petra i la seva filla Olga.

Hoy me he apuntado para confesar y comulgar. Ya supondrás el día que estoy pasando. Claro que esto lo hago por vosotras, pues considero que no hacerlo me podría perjudicar, y como considero que mi vida no me pertenece solo a mi, sino que tengo una hija y a ti, y tengo la obligación de hacer todo lo que tenga que hacer, porque si me mataran y me negara, en esta ocasión podríais pensar que fue por no confesar. Y además pienso que no os mirarían muy bien, y, como comprenderás, por vosotras hago lo que sea necesario.

Olguita, acuérdate mucho de tu padre, que no hizo más delito que tener una idea para que tu vida fuera mejor.

Estoy muy tranquilo.

Recibid muchos besos de quien más os quiere.

Pedro

El Pedro era jove, i diuen que tenia molta energia, que era molt vitalista i sempre feia bromes. Fins i tot en moltes de les cartes escriu amb humor i ironia:

Olguita, ya sé que eres muy mala y que juegas mucho, y también sabes rezar muy bien. Leer, ya lo haces peor, pero, en fin, sabiendo rezar, no te hace falta saber leer.

El meu avi sempre recordava el dia que va trencar una síndria pel mig, li va posar una de les meitats com a barret, i va començar a girar-la com si el cap fos un espremedor de taronges.

Després he sabut que també feia teatre, com jo! He trucat a una bona amiga per explicar-li com deien que era el Pedro i m'ha dit: «Vaja! Que curiós, no? Si podries ser tu!». M'ha fet gràcia.

En algun moment deia:

Ya verás que esto es muy triste para un hombre como yo.

Evidentment, tot i la seva energía i les ganes de viure, també hi havia moments que tenia por del que pogués passar.

Solo puedo decirte que tengo ratos que se me termina esa resignación que todos me aconsejáis, pues veo las cosas muy oscuras, pero tengo otros que pienso que no me pueden matar, porque no lo merezco y, además, que es mucho lo que te quiero y no puede ser que nuestro cariño quede cortado por el odio de los hombres.

Recibid muchos besos de quien más os quiere,

PEDRO

I va arribar el dia.

Que a los románticos como yo nos toca siempre perder.

—Lo van fusellar, al meu oncle. El meu pare va sentir quan se lo emportaven. Allà cada dia fusellaven quinze o vint persones. Cada dia, cada dia. Cada dia… A la matinada, jo havia sentit los disparos, molt a prop, i cada dia fusellaven. Feien saques, sense judici, sense res.

El pare de l'avi, el Paco, es va assabentar que havien matat el seu germà perquè un d'allà dins, després d'un afusellament, li va dir: «Uno era tu hermano».

Llegir les cartes sabent quin va ser el final és diferent.

Fa mal i emociona veure que van matar algú que tenia tantes ganes de viure. Que tenia tantes ganes de llibertat i de compartir moments bonics amb la seva família.

Podria haver marxat, tothom l'hi deia. Però ell sabia que era innocent i que no havia fet res dolent ni tenia les mans tacades de sang. Tot i que era conscient del que li podia passar, va decidir quedar-se, i estar tranquil amb la seva consciència.

A mi Olguita, poco tengo que decirle, porque le diría muchas cosas, pero no las comprende. Pero te tengo a ti, que si llega sabrás decirle quién fue su padre y por qué murió: no por robar ni matar a nadie, sino por tener una idea que creía que era la que podía darle una vida mejor.

M'emociona com defensa els seus ideals sense por:

No hagas caso de los comentarios que hagan de los que matan, porque casi todos son tan inocentes como yo, pues el «polvorista» ni ha robado ni ha matado a nadie. Pues, si a mí me matan, ya verás como también dicen que he matado a todos los que quieran decir.

Yo a ellos les perdono, con la seguridad de que toda su vida será una continua lucha con su conciencia. Yo, si muriera, muero convencido de que tú no me crees culpable de nada más que de tener un ideal, y es que es por lo que me matan.

A pesar de que mi conciencia me dice que no tienen causa para matarme, tengo momentos en que pierdo la esperanza, y ya supondrás lo que me pasa. Y esto no es por perder la vida, que por mí nada me importa, sino por perderte a ti. Que has sido tú para mí la persona que más me ha interesado, y el haberme unido a ti el acto más feliz de mi vida, colmado con la hija que me has dado.

Que me puedan matar no me importa nada más que no poder daros la felicidad que necesitáis, pues el que me desprestigien al matarme como criminal no me importa, pues ellos saben que no he sido criminal ni ladrón. Y sobre todo el mundo tú, que es quien más interesa, estás convencida de que no he sido malo y que si muero es por mi ideal. Y yo los perdono, porque el odio y los deseos de venganza les han cegado la conciencia y no reparan en nada, pero la conciencia, que es inexorable, se revelará contra ellos y no les dejará vivir. El otro día pedí el tabaco porque en algunos momentos me es imposible pasar sin él, pues fumando me aplaco los nervios, pues esta vida es un continuo sobresalto, pues cualquier detalle nos parece que ha llegado el momento. Y con el tabaco me sereno mucho. Tanto es así que ya me he fumado casi todo el que me mandó Lucía, a la que le manifiestas mi agradecimiento. Por encima de todo esto, tengo muchos ratos que pienso que no me van a matar. Olguita, acuérdate mucho de tu Papá, que te quiere mucho.

Que fort tot el que diu. Està ple de frases per subratllar i no puc parar de llegir.

Supongo que tu cuñado Benito no se está interesando nada en mi asunto, pues no está convencido de que de lo que me culpan no es cierto y tendrá sus dudas, además de que no puede hacer mucha fuerza entre los suyos para defender a un enemigo político. Yo, desde luego, nada tuve que hacer por él, porque no era enemigo nuestro. Claro que después sí lo ha sido, pero si hubiera tenido que hacer algo, lo hubiera hecho, porque por encima de idealismos están el afecto y tu hermana, que es merecedora de todo. Claro que, si él estuviera tan convencido como tú de que no he sido malo, otra cosa sería. Pero, naturalmente, esto solo lo comprende quien se tiene un cariño como el nuestro. Pero ya muchas veces te he dicho que solo en el mundo me interesa que tú sepas y estés convencida que si me matan es por mi idea política, pero no por criminal, como quieren aparentar.

Recibir muchos besos de quien os dice la verdad,

PEDRO

Us en recordeu d'un tal Quintanilla que rondava per l'estació acompanyat d'un guàrdia civil i que un dia el meu avi va veure com entre tots dos li clavaven una pallissa a un home que venia regalèssia? Doncs és aquest Benito que el Pedro cita a la carta.

—Aquest maquinista era el cunyat del meu oncle. O sea, la Petra, la dona del Pedro, era germana de la dona d'aquest Quintanilla.

»I aquest, quan al meu oncle lo van posar a la presó, va acollir a la Petra i a la seva filla Olga. Com dient:

«T'emparem. Tu marido está en la cárcel por rojo, però a ti t'acollim».

»Aquest home, con la influencia que tenia, porque era falangista, lo podria haver salvat de la presó o, quan menos, que no l'haguessin matat.

Unos de los placeres mayores que tendría en estos momentos sería poder hablar con Benito para decirle cosas muy importantes para él que no las puedo olvidar, porque me las dijeron unos hombres que iban a morir y que en esos momentos se dicen cosas muy profundas. Pero quién sabe si algún día se las podré decir para hacerle un gran favor. Pues yo no soy de los que si muero yo debe morir todo el mundo, sino al contrario, que a las personas siempre procuro hacerles bien, como siempre lo he hecho.

Di a tu cuñado Benito que si está conforme con mi condena.

—A les cartes que el meu oncle enviava a la dona, li demanava que anés a Benito, el Quintanilla, per demanar-li a veure si podia fer algo por ell. Però no va fer res. Aquest no havia pogut tenir fills, i per mi que va pensar: «Ara tenim una filla».

»Quan van fusilar al meu oncle, ell se'n va anar a viure a Madrid. Amb la dona del meu oncle i la seva filla.

Una de las cosas que más me preocupa es la influencia que puede ejercer sobre ti tu cuñado Benito para justificar mi muerte, y también la educación que estará recibiendo mi hija. Pero, sobre todo, está el que me conoces a mí muy bien y, por más que se esfuerce, creo no te podrá convencer de que soy un criminal, pues él sí que lo pensará, puesto que no se ha molestado en venir a verme ni una sola vez. Claro que, si viene, se lo pueden tener en cuenta en Falange y perder mérito. ¿Verdad que si fuera al revés yo no lo haría? Pero en algo nos teníamos que diferenciar.

La seva dona Petra no va explicar mai res de tot això. Ho devia guardar en silenci; per por, per vergonya, per tristesa... Quan va morir, la seva filla Olga va anar a buidar el pis i va trobar les cartes. Va ser llavors que va començar a descobrir una part de la història que no coneixia. Va saber que aquell senyor que l'havia cuidat era el mateix que, segons el seu pare, podria haver fet alguna cosa perquè no el matessin. Ha de ser bèstia, la barreja de sentiments contraposats que devien tenir l'Olga i els seus fills quan va saber això.

El seu fill Javier va transcriure totes les cartes i, gràcies a ell, el nom del seu avi Pedro està al cementiri d'Alcázar de San Juan, juntament amb centenars de noms més. Centenars de noms que van matar. És un nom més el que apareix allà, petitet entremig de molts altres. Pedro Jiménez Mira, un nom més amb una història darrere, una família, i unes ganes de viure i de fer possible que tothom visqués millor.

El meu avi, que va ser qui em va explicar tota aquesta història, es deia Pedro, com el seu tiet. Encara no us havia dit el seu nom. Es deien igual: Pedro Jiménez.

El meu avi Pedro, a la seva primera filla, també li va posar de nom Olga. La meva mare.

«Cuando yo salga de aquí, usted saldrá»

El meu besavi Paco es va salvar i no el van matar com al seu germà. Va seguir a la presó i, un dia, hi va anar a parar un senyor catedràtic de la universitat de Madrid que no se sabia per què l'havien detingut ni per què l'havien portat allà. I el Paco va poder comprovar que el karma potser sí que existeix.

—Era un senyor gran que no sabia fer res. No sabia fer otra cosa que ensenyar.

I els va tocar dormir un al costat de l'altre.

—I el meu pare li feia el llit, porque a la nit lo tenien que replegar, i aquell home era incapaç. Le tallava les ungles, lo afeitava... I va fer molta amistat con él, i clar, aquel home, agraït.

Com que es van fer amics i allà tenien temps per a tot, aquest senyor li va preguntar al meu besavi:

—¿Por qué está usted aquí?

—Pues ¡no lo sé! Aquí me han metido y aquí estoy.

Aquell home no ho entenia:

—No, pero dígame por qué.

»I mon pare se va sincerar i le va dir: «És que yo, durant la guerra, he treballat». Mon pare no va anar a la guerra! Porque era ferroviari; los ferroviaris no naven a la guerra. Los militaritzaven i no naven porque, clar, es parava tot, no?

El Paco l'hi va explicar tot amb sinceritat i aquell home va dir una frase que m'encanta:

—Pues no puede ser. Yo, estaré aquí muy poco tiempo. Porque, de aquí, saldré. Lo sé! No se preocupe, que cuando yo salga de aquí, usted saldrá.

Mentrestant, la meva besàvia va anar indagant per saber per què el seu marit estava a la presó. Es va moure tant com va poder i va anar a parlar amb el capellà i amb qualsevol que li semblés que la podria ajudar.

—I ningú sabia por qué estava mon pare a la presó. No va aparèixer cap paper ni re!

El besavi tenia la sospita que el tal Quintanilla que no havia volgut ajudar el seu germà també l'havia denunciat a ell.

—Però con el temps vam saber que no, que no era aquest, que l'havia denunciat. El va denunciar un altre, de Manzanares.

La meva mare recorda que el besavi Paco sempre deia: «Me denunció el jaro».

Ja he vist que no era cap nom, sinó que «jaro» vol dir que era algú pèl-roig.

—Va fer la denúncia, i deuria dir: «Aneu a la calle tal, i fulano de tal me lo porteu al cuartel i deixeu-lo ahí, feu lo que vulgueu». I mon pare va estar allà dos anys sense saber per què. I con el temps vam sapiguer que havia sigut fulano.

El fulano «jaro»!

—El teu pare no el coneixia de res?

—Sí! Era un senyor que era pastisser, molt falangis-

`ta. Yo me recordo una vegada que, en un estanc, mon pare nava amb mi i vam entrar a comprar tabac, i estava este individu allà, i van tenir una discusió mon pare i ell. Abans de la guerra, eh? Discussió política. El altre li va dir que no sé què i van discutir, però res més. Una discussió entre dos! I després, pues mira, aquel lo va denunciar i va estar a la presó.`

Per sort, a dins de la presó va coincidir amb aquell senyor catedràtic que li va donar la seva paraula que el trauria d'allà. I així va ser.

`—I sabia que havia sortit gràcies a aquell senyor?`

`—Clar! És que aquell senyor l'hi va prometre. L'havia ajudat molt! I li va dir: «Usted, de aquí a un mes máximo, usted está en la calle. Se lo prometo yo». Aquel home va estar allà dins poc temps. Tindria bones influències o lo que fos, i se'n va anar cap a Madrid. Calle Apodaca número 8. Imagina't!`

Em diu «Imagina't» com volent dir: «Me'n recordo de l'adreça exacta! I mira que n'han passat, d'anys».

`—Aquel senyor va anar onte fos i va dir: «Francisco Jiménez Mira está en la presó. ¿Por qué?». I van buscar, i al cap d'un temps, un mes, mes i mig... mon pare al carrer.`

`»Sense saber por qué. Ni por qué sí, ni por qué no. Ni per què havia entrat, ni per què havia sortit.`

Veure l'avi plorar

Recordo perfectament aquell moment. Fa cinc anys, quan em va explicar aquesta anècdota, el meu avi es va posar a plorar. No l'havia vist plorar mai, i em va deixar molt tocat.

No vaig ser capaç d'escoltar la gravació durant molt de temps.

Va ser quan va morir, que vaig decidir prémer el play. Sé que si em va costar tant és sobretot per aquest plor.

Resulta que porto molt de temps transcrivint la conversa i estava esperant que arribés aquest moment, que no arribava mai. Suposo que l'atzar ha volgut que sigui precisament l'últim que em falta per transcriure. Em queden només catorze minuts de gravació.

Em vaig equivocar amb l'ordre dels àudios. M'estranyava molt que no aparegués, perquè no va ser l'última cosa que em va dir. El que em va explicar aquell dia, i que ara llegireu, va passar just després que el seu pare sortís de la presó, sense feina. I que curiós que no hagi aparegut fins ara que em disposo a transcriure els últims minuts. L'atzar ho ha deixat ben bé per al final.

Enmig de silencis llargs i plors, m'explica:

—I no sé… no sé si ploraré.

»Hòstia. Porque és dur, eh? Ahir mateix l'hi explicava a la Palmira. Con algunes peles, aquest amic meu i yo compràvem una síndria. Una síndria de cinc o sis kilos, i ens costava cinc cèntims o algo així. I allà mateix al carrer la obríem, mitja per tu i mitja per mi.

»A vegades, con alguna pelilla que trèiem portant alguna maleta o d'alguna història, ens compràvem un bocata.

»Había muchas dones que s'havien dedicat a vendre bocates. Tenien el marit a la presó, compraven pa i feien bocates. Se posaven una tauleta allà, per vendre'n a los viatgers.

»I a vegades se compràvem un.

»I un dia em compro un bocata. I me lo estava menjant…

Silenci. I aguantant-se els plors com pot:

—És curiós, eh? Caguen la hòstia… I noto una mà darrere que em toca i me diu: «¿Que me das la mitad?». Em dono la volta i era el meu pare. Hòstia, no puc explicar-lo. «Que me das la mitad?».

»És gros, això, eh?

»Bueno, cada vegada que lo explico és… És que no me puc aguantar, eh?

Ho va explicar com va poder entre plors i silencis. Ara que ho he tornat a escoltar, veig que jo ho recordava molt més gran. Era el primer cop que veia el meu avi així.

De seguida va voler canviar de tema, però m'ho havia volgut explicar. Això és l'important.

Em va dir que el dia abans que quedéssim ell i jo, havia explicat aquesta anècdota a la meva àvia. Em fa gràcia, com que sabia que havíem quedat per fer la gravació, s'havia preparat algunes de les coses que m'explicaria. Fins i tot crec que s'havia organitzat una mica per no deixar-se res.

També va decidir molt conscientment com vindria vestit. Va venir amb la samarreta de Marabunta, un dels meus espectacles, on hi posa «Smile» ben gran. Li encantava portar-la, i m'imagino perfectament com a l'àvia no li devia agradar que vingués així. Hauria preferit que vingués ben vestit, amb una camisa. Una samarreta, vols dir...?! Però ell, sí o sí, havia volgut venir així.

Era la mateixa samarreta amb què el vam enterrar. Així ho van decidir els seus fills, «perquè li agradava molt portar-la». Una sensació estranya, la meva.

És curiós, perquè l'avi va plorar, en recordar la fragilitat del seu pare. En veure que algú que hauria d'estar per sobre seu, algú amb més poder i que l'havia cuidat, de cop li estava demanant ajuda.

Igual com jo vaig plorar en veure el meu avi plorar.

Hi ha un moment en què veus plorar els que són més grans que tu i t'adones que és una cosa que no t'havies plantejat mai que un dia passaria. Representa que els teus pares et cuiden a tu, i ells sí que t'han vist plorar. Tot just néixer. Però ells són la teva protecció, i els avis igual. Sempre han estat per sobre teu, cuidant les teves vulnerabilitats, i, de cop, hi ha un dia que veus plorar els teus pares.

Quan et passa això per primera vegada, entens que t'estàs fent gran i que les coses començaran a canviar a poc a poc.

Veure el meu avi plorar encara em va sobtar més. Els teus pares, ho pots entendre, però ell encara està més per sobre teu!

A la meva mare també l'hi va explicar, aquesta anècdota, però ho va fer més o menys a la mateixa època que a mi. És una història que no havia explicat mai. Realment, va trigar molt a treure-ho. També va ser el primer cop que la meva mare el va veure plorar.

Té alguna cosa bonica que la seva filla i el seu net el veiessin plorar per primera vegada pel mateix motiu.

«Desterrado»

El meu besavi, al sortir de la presó, com que no tenia feina i era molt manetes, va començar a fer joguines de fusta. Un dia va pensar de fabricar-ne unes quantes i anar al mercat a vendre-les.

—Va posar una parada i no va vendre ni una! Los companys de treball no s'apropaven a él. No només a él! A qualsevol que hagués estat a la presó. Él ho deia, que quan va sortir de la presó i nava por el carrer i veia un company, aquel company girava i s'enava por otro carrer. Porque tenien por. No volien parlar con un que havia estat a la presó, por si de cas. Tenien por! Y lo rechazaban. I quan va posar aquella parada, los companys seus de tota la vida, los veia passar de llarg. I no va vendre re! Sempre em deia: «¡¡Me dan unas ganas de darle una patada al puesto!!».

I riu. I somric imaginant aquella imatge, molt de pel·lícula, també.

Al cap de poc, però, va trobar feina. Un senyor que comprava fusta a Cuenca va decidir buscar un ferroviari perquè acompanyés els vagons plens de la fusta que havia encarregat i a les estacions, quan feien canvis i reorganitzaven el tren, no s'oblidessin del destí d'aquells vagons. Si encara ara, en aquest segle, es perden maletes en els trajectes d'avió, imagina't llavors.

I així va començar a guanyar algun diner. Al cap de no res va aconseguir una altra feina als Talleres Debis reparant material ferroviari. Sempre mirava de parlar amb els encarregats per intentar que algun dia donessin feina també al seu fill. Creia que el meu avi acabaria treballant allà.

No feia ni mig any que havia sortit de la presó i:

—Un dia vam rebre una carta de la Renfe, que lo havien readmitit: «Pasao mañana se tiene usted que presentar en Vilanova i la Geltrú, en el depósito de máquinas».

—Per què l'enviaven cap aquí?

—Un càstig! Era un càstig. O sea, el seu puesto de treball era Alcázar, i li van dir: «Vostè ingressa, PERÒ en Vilanova».

»Això ho feien. Lo van fer con tots los que tenien... olor a republicans. Uns els enviaven a Madrid, uns altres a la Coruña, l'altre no sé on... Pa joder a la gente, namás. Castigats! Era represaliat. Castigat.

»"Pasao mañana se tiene usted que presentar en Vilanova i la Geltrú, en el depósito de máquinas". Pasao mañana, eh?! Esto era por la tarde. Al dia següent le van deixar un vagó, porque quan traslladaven los ferroviaris, les deixaven un vagó buit perquè posessin los mobles.

»I aquel dia lo vam dedicar a agafar tot lo que teníem, portar-lo a l'estació i "que nos vamos, que nos vamos".

»Mon pare va carregar los mobles, dos camas (sembla mentira, eh?), dintre de un vagó, va montar las camas, porque, és clar, ell ya echaba contas que venir de Alcázar a Vilanova en un tren… llámale borreguero, trigaríem.

»El dia següent al dematí, havien trascurrit vint-i-quatre, trenta hores, i ya estàvem caminant cap a Vilanova, eh? Arréglate com puguis! Él se tenia que presentar aquí tal dia, ens van donar los pases, i vam vindre tots en el vagó.

La seva anada, la meva tornada

Pujo al tren. Surto d'Alcázar amb destinació Vilanova per recórrer el mateix trajecte que ell i la seva família van fer. Sé que tornaré. En tren, en cotxe o com sigui. Tinc ganes d'explicar als de casa tot el que he trobat i sé que hi tornaré amb la meva mare per ensenyar-li tots els llocs que he descobert.

M'agradaria explicar al meu avi tots els llocs que he trobat. Poder comentar-ho tot: «He vist el cine que deies! Es veu que l'Ajuntament l'ha comprat i el vol remodelar. També he trobat la casa on vas viure! La Guàrdia Civil ja no hi és, allà, i ara està prohibit jugar a pilota, saps?». Segur que em faria preguntes i jo li diria: «Sí, està molt canviat. No, el vestíbul de l'estació no és tan gran com llavors. Al convent hi ha un placa, i hi no diu res que allò va ser una presó, però es veu que ho canviaran. Sabies que el Miguel Hernández va estar a la mateixa presó que el teu pare?».

Em poso els cascos i escolto la música que a ell li agradava. Poso Camarón.

—Vam viatjar la mar de bé! Allà vam muntar un fogonet i la meva mare feia el dinar.

»Cada estació que arribàvem, mon pare baixava del

vagó, s'anava cap a la màquina i deia: «Cuidado!». Porque a vegades los trenes añadien vagons. «Cuidado, que llevo a mi familia allí en un vagón. Cuidado cuando agreguéis el vagón».

Ells portaven tot el que havien pogut carregar omplint tot aquell vagó; jo porto una maleta petita de rodes. Vaig en un seient còmode que he pogut triar —pagant cinc euros més— per poder estar a la finestra i veure el mar quan ens apropem a Vilanova.

Aquells camps que ells devien veure passar a uns 100 quilòmetres per hora com a molt!, jo ara els dic adeu a 243 quilòmetres per hora.

Fa estona que veig el paisatge passar. Cada poble que deixem enrere, cada casa que veig, penso: «I aquí què hi devia passar?». Estaria bé que inventessin una app per al mòbil on poguessis fer una foto del lloc que tu volguessis —d'una casa, d'una plaça, d'una cantonada...— i et digués: «En aquest trosset de carrer, l'any 1988 es van conèixer i enamorar un dia de festa major l'Albert i la Gemma. Dos metres més enllà, l'any 1938 van matar en José Rodríguez». O: «D'aquella casa, l'any 1997, la Núria va parir el seu primer fill en un part natural». Us ho imagineu?

Torno a la seva música. Ara toca Sabina.

—Tot i així, en Madrid es va descuidar i van agregar un vagó. La meva mare estava de peu i, una topecada! Va caure al terra, es va fer mal a una mà... Bueno, i en cada estació que paràvem també havia de mirar que no nos treiessin! I clar, un tren d'aquests, a cada estació que arribava, igual estava dos hores allí parat, esperant.

Tinc ganes de veure aquell mar que van veure quan arribaven i que jo he vist tants cops que fins i tot de vegades ni el miro. Així som amb les coses que ja tenim vistes. Que diferent quan tot és nou; que diferents les primeres vegades. Avui intentaré imaginar que no l'he vist mai i que el descobreixo de nou.

—Quan vam passar pel racó de Santa Llúcia, el vagó anava de cara a mar i... hòstia! Vam dir: «Hòstia!». La frase de la meva mare quan arribàvem: «Yo de aquí no me marcho nunca más!», va dir! No havíem arribat a Vilanova! Nosaltres teníem moltes ganes de sortir d'allà! Porque allà les havíem passat molt malament.

Sempre m'ha agradat imaginar aquest moment.

Pensar en la frase que va dir la besàvia en veure el mar sempre em fa somriure: «Yo de aquí no me marcho nunca más». Una manera de dir que s'acabarien les coses dolentes, una manera de començar una nova vida.

—Mon pare, si s'hagués quedat allà treballant, les hauria passat canutes! Perquè hauria estat vigilat, le haurien dit algú alguna història... I venir aquí va ser la lliberació.

Quan vaig comprar el bitllet vaig estar hores, i no exagero, intentant triar el millor seient per veure el mar en aquest tren de tornada. El tren fa un canvi de sentit a València i es feia difícil saber cap a quin sentit aniria de València a Barcelona i, per tant, a quin costat hi hauria el mar. Ni trucant a Renfe vaig poder saber-ho. Volia veure el mar sí o sí, i ho volia fer bé.

El que no vaig calcular és que, a l'hora que passaria per allà, ja seria fosc. Negra nit i núvol. No hi vaig caure, en aquest petit detall, i ara mateix no veig res de res. No paro de mirar per la finestra per veure si ens estem apropant a Vilanova fins que, de cop, m'adono que ja estem arribant a Barcelona. No entenc res, en quin moment l'hem passat? Per què no he vist ni per on anàvem?

Quan treballava de maquinista, el besavi explicava com es guiaven amb el tren quan era de nit. Les màquines de vapor no tenien llums, i «llevaba un farolillo de queroseno, y delante tenía una luz de aceite, para que te vieran. Y entonces ¿qué pasaba? Que venía una racha de viento y te apagaba el farolillo. Te quedabas a oscuras. Y entonces funcionabas por la oreja. Entonces tú sabías que habías llegado a Reus porque había un bache, o había una vía que estaba no sé qué y hacía "cacán!"». Paraven l'orella i ho notaven.

—Total, que vam sortir d'Alcázar al dematí i vam arribar a Vilanova la tarda del dia següent.

Llavors devia ser encara més difícil, perquè no hi havia tantes llums com ara a les carreteres i les ciutats, que t'ajuden una mica a saber per on vas. Jo, avui, ni llums ni sorolls. Ni sé on soc, ni he vist res.

—I així vam arribar a Vilanova el dia 1 de juny del 1941.

Una vida nova

Tan bon punt van arribar a Vilanova, van posar el vagó amb tots els mobles en un topall d'una via morta, i van viure allà dins durant un temps. No deixa de sorprendre'm que, recordant la vida del meu avi, em vinguin imatges del Chaplin. Una família sencera vivint en un vagó de tren també em sona a pel·li. Van deixar-los estar allà fins que trobessin un pis per viure.

—Mon pare al dia següent ja estava treballant, eh?

Van arribar a Vilanova amb cinquanta pessetes.

—Però, clar, cinquanta pessetes que nos va durar... re! Porque aquí la vida era una altra història que a Alcázar.

I de diners no n'entrarien fins al cap d'un mes, quan cobrés el seu pare. Llavors la mare va anar a parar a la botiga que va trobar més a prop de l'estació i va tenir la sort de conèixer el seu botiguer, el Dalmau.

—La meva mare le va explicar a aquel senyor la història. De ónde veníem, por qué veníem... i a onte estàvem. I aquel senyor li va dir: «Senyora, vingui a comprar lo que vulgui. I quan tingui diners, me lo paga». Això... això és la hòstia, eh?

La sort de creuar-te amb un Dalmau per la vida! Els va fiar durant tot un mes!

—I ma mare anava allà i agafava el menjar que necessitava.

Quan el besavi va cobrar, van anar a la botiga i l'hi van pagar tot. Aquestes coses que, així, d'entrada, penso: a veure si avui en dia, algú faria el mateix que va fer aquell senyor. Per començar, a veure quantes botigues trobes que no siguin cadenes i que el dependent no digui: «Jo què sé! Jo no soc el jefe!».

No sé què haurien fet si no haguessin trobat algú com el senyor Dalmau.

—I allavons yo vai començar a descobrir Vilanova. Primer me vai orientar a ónde està el mar, porque la meva dèria era el mar! El aigua! Ya havia conegut el mar dos o tres cops, de petit, però ara era gran i en volia més.

El primer que va fer només arribar va ser anar a la platja a banyar-se. No m'estranyaria gens que s'hagués creuat amb una noia que estava prenent el sol i amb qui anys després, quan es coneguessin, anirien mil cops a la platja.

La meva àvia a l'abril ja sortia perquè li toqués el sol: «Blanca no, vull estar morena!». S'estirava a la sorra i vinga! Li agradava tant que un dia el metge li va dir que prou, que ja li havia tocat tot el sol que li podia tocar.

Tinc la imatge de tots dos en Mobilette anant a la platja, amb la meva àvia asseguda de costat. Quan era petit em portaven entremig de tots dos, jo adormit i ella agafant-me perquè no caigués. Ja sabeu, aquestes coses que es feien en una altra època i que es veu que no passava mai res.

També recordo l'avi fent viatges sense parar. Primer portava l'àvia a casa, i els nets ens quedàvem esperant-lo a la platja. Després em venia a buscar a mi o el meu germà, i l'altre es quedava allà sol esperant que tornés. Amunt i avall.

Sempre a la mateixa caleta. La caleta on hi portaven els fills, caminant gairebé dos quilòmetres, carregats amb el para-sol i el menjar per quedar-s'hi a sopar.

La mateixa cala on després ens hi van portar als nets. Era una platja amb roques, perquè el que li encantava a l'avi era collir musclos. I a mi m'encantava menjar-me'ls.

Es posava la careta i el *tubo* i s'hi podia passar hores.

Els àlbums estan plens de fotos a la platja. Els pares m'hi portaven cada dia d'estiu, i al tornar a casa seguíem sempre el mateix ritual: un pa bimbo torrat amb Nutella o un Calipo de maduixa que portava de la platja i que havia esperat que el trosset del final es descongelés per poder posar-lo en un got i beure-me'l. Boníssim.

Potser no és estrany que m'agradi tant el mar i intenti escapar-m'hi per respirar sempre que puc.

Una anècdota que encara ens fa riure a casa i que podria ser perfectament d'un capítol de *Les Teresines* de La Cubana.

La tieta Teresina a la sorra —sí, a sobre, el nom també quadra— i el seu marit, el Joan, ben vestit, tot de negre i bigoti, passejant arran d'aigua.

—Joaaan, que et mullaràs les sabateees!

Silenci, ell segueix perillosament a prop de l'aigua.

—Joaaan!! Que et mullaràs les sabateees!!!

I així repetidament, fins que el Joan decideix ficar-se a dins fins que l'aigua li arriba pels genolls i crida:

—Teresinaaa!! Ja m'he mullaaat!!

Però per riure d'aquesta anècdota encara faltava, i per menjar els musclos que agafava l'avi i que cuinava l'àvia, també. De fet, encara quedaven uns quants anys perquè ells dos es coneguessin.

De moment, avi i família estaven vivint en un vagó, i el meu besavi s'havia de presentar a la Guàrdia Civil.

—Tenia que anar al cuartel i dir «aquí estoy». Firmar com si fos un delinqüent. Va estar temps! Anys! Nant cada quinze dies al cuartel. Soy fulano de tal. Ya lo coneixien! «Firma». Hasta luego, Lucas.

Tot i que el seu pare ja treballava, l'avi també buscava el que podia per guanyar diners. Anant cap a la platja va descobrir que quan arribaven les barques necessitaven ajuda per carregar el peix i portar-lo a terra. I ell, cap allà que va anar.

—Te donaven un grapat de peix. Era el pago, entens?

»I yo, cada tarde, hasta inclús la meva germana baixava i feia lo que podia, i pujàvem para casa corrents con el peix que t'havien donat, i ja teníem per sopar o per dinar el dia següent.

»La vida aquí a Vilanova va ser cruda també, eh? Aquí la gent les passava magres, llavons. Es passava molta carestia. No havia pa, faltaven coses. Després va haver un temps que no havia llum.

»Los pantans que havia no eren suficients per Espanya i havia restriccions de llum. La llum la donaven a les deu de la nit. I això va durar temps! Esto, te parlo de los anys boi cinquanta.

»Si naves al ball, que lo feien al Cine Diana, treien les butaques i...

Mira, això sí que m'hauria agradat viure-ho. Anar al ball. Em va explicar tants cops que feien balls! Feien ball per tot!

—Es feia el dia de la Modistilla, el dia del Carreter,

el dia de Nadal… Tots los balls, se celebraven. El ball començava a les deu de la nit, porque la llum la donaven a aquesta hora.

»Yo, estant a la mili ya, que era l'any quaranta i algo, nàvam a Barcelona, a prop de l'Arc de Triomf, un carrer molt a prop d'allà que ara no recordo, i havia un ball que ho feien en una casa particular. Havien habilitat tot el pis i posaven discos i los soldats anàvem a ballar allà, i totes les que hi anaven eren minyones. Era ball de soldats i minyones. I se il·luminaven con llums de carburo. No sé si tu les has conegut.

Igual com m'agrada adonar-me que li feia preguntes innocents, m'agrada quan ell em parla sabent-ne més que jo i m'ho intenta explicar: «Tu ho has sentit algun cop, això?», o «Tu ho has conegut, això?». Cadascú el seu paper. Ell fent d'avi i jo fent de net, per molt que em vagi fent gran.

De petit, si els pares em repetien una cosa, jo saltava: «Que ja m'ho has diiiiiit!». Si me la repetia l'avi, li deia que no sabia de què m'estava parlant, encara que ja m'ho hagués explicat. Els llums de carburo? Ni idea.

—Era un pot que a dalt se le posava aigua i a baix se posava carburo. És un mineral que quan le tires aigua fa un gas. I allavons se mesclava la gota de aigua con el carburo, i por un tubet sortia el gas, encenies un metxero i sortia una llumeta. Una llumeta bastant forta, eh? Il·luminava! I això lo penjaven en el ball i s'il·luminaven quan no havia llum.

»O sea, van ser uns anys, de l'any 39, que va acabar la Guerra Civil, fins al 49 o boi 50… Aquí a Espanya el pa estava racionat; de menjar, no havia gaire… Pitjor que la guerra. Va ser pitjor que la guerra!

Això ho deia sempre. La postguerra va ser pitjor que la guerra!

—Los primeros anys a Vilanova no va ser fàcil, tampoc.

Van seguir tenint la sort que, com que el seu pare viatjava, sempre portava alguna cosa de menjar d'allà on anava.

»Vam arribar aquí en una època que, quan naves a treballar el diumenge, t'agafaven a tots los que estàvem allà i ens portaven a la plaça de les Neus i fèiem una missa de campanya.

—Aquí encara se cantava el «Cara al sol», quan vam arribar. Clar, era l'año 41. Todavía havia molta repressió. I a pesar que mon pare es va trobar con gent molt bona, també tenia que andar con molt cuidado de según con qui parlava i lo que deia.

»Ara, si mon pare s'hagués quedat allà treballant, les hauria passat canutes! Perquè hauria estat vigilat, i aquí va ser la lliberació. Aquí va trobar la llibertat total! Aquí va trobar uns companys collonuts! Que sabien quién era i por qué venia aquí! Él estava agradecidíssim de tots los companys que va tindre aquí a Catalunya. Estava molt agraït, porque l'havien donat moltes facilitats.

El meu besavi i la seva família es van instal·lar a Vilanova i la Geltrú.

Alguns maquinistes de tren, no sé per què, ja li havien parlat de Catalunya, i de Vilanova, anys abans de saber que acabaria vivint aquí.

Fins i tot abans de saber cap on el portaria la vida, el besavi i el seu pare ja escoltaven discursos de Companys i de Macià sense entendre el català. A vegades, la vida fa unes voltes ben curioses.

La figuera
(petita història 5)

—Mira, em va passar una cosa curiosa a Cubelles.

Aquesta anècdota el feia riure. És una història tan petita que he dubtat de si havia de sortir en aquest llibre, perquè no sé si té prou força en comparació amb el fet que posin el teu besavi a la presó, però, alhora, crec que explica molt bé una època, un moment molt diferent d'ara. No ens avancem, però. Primer us l'expliquem i després, si de cas, ja l'analitzarem. Tota la classe atenta:

—Yo havia anat moltes vegades con colles d'homes grans cap a Cubelles, Cunit… Cap al camp, en el temps d'ara, en el temps de la fruita. I nàvem a buscar figues, préssecs… A buscar fruita. A robar; no a buscar, a robar, perquè teníem gana.

»Yo anava content, quan anava con aquesta gent gran, porque aquests les plantaven cara al pagès. Imagina't. És clar, venia el pagès cridant i ells, que alguns ya estaven casats, li deien: "¿Qué quieres? ¿Quieres algo o qué? Ven pa aquí". I el pagès tombava i s'enava i deia "Feu lo que vulgueu", saps? Ara, a vegades, yo havia anat sol con nanos i allavons tenies que córrer, porque t'empaitava el pagès. I tot, perquè teníem gana.

I resulta que un dia va decidir anar-hi sol del tot. Va aprofitar que el seu pare portava el tren que anava a Móra la Nova i li va dir:

—Me voy contigo hasta Cubelles!

Va pujar a la màquina i, quan el tren es va aturar a Cubelles, l'avi va baixar i el seu pare va continuar el viatge.

—De la carretera cap a mar no havia res, eren camps. L'estació de tren estava allà, sola sola. Passaves la via i, de la carretera fins a mar, no havia ni una casa. Eren terres de conreu, de pagesos. I hi havia una figuera; jo ja la coneixia.

»Era mitja tarde. Nava sol. Arribo a la figuera, m'hi enfilo i me sento en un tronc i començo a menjar figues. Portava una bossa per agafar figues pa casa.

»Miro així i veig por el camí que ve un pagès caminant con un gos.

»Yo vai pensar: "Bueno, ya passarà". Passarà? Arriba a la figuera, deixa el bastó i tot lo que té i s'asseu per descansar allà. Y yo a dalt. Ell no m'havia vist i yo ni respirava. Vai pensar: "Què tinc que fer jo aquí ara? Esperar a la nit?".

Suposo que, entre altres coses, també devia pensar que hauria sigut molt més fàcil anar-hi amb aquella gent gran. Va esperar una mica per intentar trobar la millor solució i finalment va optar per la sinceritat. Va decidir fer un «Eeeep!» com si res. Com qui saluda amb aquella naturalitat. Com volent dir: «Eeeep!, què passa? Estic aquí, no et vull enganyar». Només recordar aquest «Eeeep!» li venia el riure sempre que ho explicava. Sobretot per la reacció del pagès.

—Escolta, aquell home va donar un salt!! Del susto que va agafar, va dir: «Baixa!», i quan estava a terra diu: «Va, corre!».

»Ni em va tocar, de la cosa que li va agafar a aquell home! I sí, sí, vaig sortir corrents, i cap a Vilanova.

És així de simple, la història de la figuera. M'agrada imaginar-me aquell home que es va espantar però tot i així li va donar avantatge per córrer. Li va donar peixet. Es va esperar que baixés de l'arbre per dir-li: «Va, corre!».

Com veieu, hi ha unes quantes diferències amb ara: els camps, els pagesos i les figueres.

Actualment, si un nen sap què és una figuera, se li hauria de donar un premi! I ja no dic si ha tastat una figa! Els nens d'ara tenen menys oportunitats de veure camps, i per tant de conèixer els arbres.

Fins i tot jo, que en principi soc jove, podria dir la típica frase de senyor gran: «Abans tot això eren camps». Perquè és veritat, abans, per arribar a l'escola, travessàvem més camps que pisos.

Deixeu-me afegir només que l'avi va fer el camí de tornada a peu: gairebé sis quilòmetres.

—Sí, nàvem a ballar a Sitges, eso ya més endavant, hi nàvem caminant. A vegades, nàvem en el tren i luego tornàvem a peu, perquè el últim tren em sembla que passava a les deu de la nit y ya no había més trens. I clar, si ens entreteníem a la festa major de Sitges o qualsevol cosa..., hòstia, el tren ya s'ha anat! I agafaves carretera. No només nosaltres, molta gent. Alguna vegada havíem vingut por la via, passant los túnels. Sí, sí, no havia passat res. No havia passat res a ningú! Naves a

`Sitges com qui va aquí a la playa del far. La gent caminava. I s'anava a tot arreu a peu.`

Vet aquí dues diferències més amb ara. Es veu que abans no passava res. Ja podies anar per la via del tren i creuar un túnel, que, caram, no li havia passat mai res a ningú.

I l'altra cosa que diu i que m'agrada molt: la gent caminava. I que curiós, s'arribava a tot arreu igual. Això vol dir que portaven un altre ritme i que, segurament, no tenien la mateixa pressa que ara per anar d'un lloc a l'altre.

Dues frases que marquen molt una època: «Abans no passava res» i «La gent caminava».

Fins aquí l'anàlisi. Podeu recollir les coses i ens veiem a la propera classe.

Treballar, treballar, treballar

L'avi ja feia uns anys que estava a Vilanova i quan en va fer disset, va aconseguir la primera feina oficial.

—No tenía los divuit, que era lo que marcava la llei! Però vai entrar.

Sí, és clar, ara resulta que hi havia una llei! I això que portava des dels tretze anant amunt i avall intentant treure alguna pela d'on fos.

Va estar uns mesos treballant sol, de nit, vigilant unes màquines enormes que feien filatures a la Fàbrica Nova, i aleshores va aconseguir entrar a la Renfe. És el que volia, ser mecànic, i estava al taller fent la reparació de les màquines de tren.

Una mica més i acaba treballant del mateix que el seu pare.

—Sí, bueno, també vai estar anant de fogoner un cert temps. Lo vai provar, però aquello era molt dur. El treball de fogoner era molt dur. Si sorties d'aquí i naves a Móra la Nova, eren cinc o sis hores, eh? Pues igual le metías a la màquina quatre o cinc quilos de carbón, eh?

»Era: vinga vinga! Se passava calor, se passava fred, porque a l'hivern se passava molta fred, a les màquines.

Se guanyava més diners, però era dur. I al final em vai quedar al taller.

Tot el romanticisme de les màquines de vapor es queda a les pel·lícules.

Això que ara us explicaré segurament no és el més important de la seva vida, però mostra bé la seva manera de ser.

Temps més tard li van fer una oferta per anar a la Pirelli i va haver de fer una prova per veure a quina categoria el posaven. Li van fer llimar unes peces amb uns diàmetres concrets. Es va passar catorze hores i mitja per deixar-les perfectament llimades, i la samarreta imperi i tot ell van acabar del color del ferro. El van pujar de categoria directament, és clar. I sempre va guardar aquelles peces i aquesta història per poder-la explicar, orgullós, als seus nets.

Es va quedar treballant a la Pirelli d'una manera molt més còmoda del que havia fet fins llavors. «¡Esto es gloria!», deia. Però tot i així, encara va agafar més feines. De les sis del matí a les dues de la tarda pencava a la Pirelli, dinava, s'asseia un moment i anava a cal Ferrer fins a les deu de la nit.

El Ferrer era un senyor que tenia una botiga d'electrodomèstics i una mica de tot: teles, ràdios, discos, peus d'ànec, càmeres de fotos... i un taller de reparació on el meu avi reparava tot el que li portaven.

El senyor Ferrer també era el que muntava l'equip de so quan es feien actes a Vilanova. Tenia uns altaveus, aquelles trompetes antigues, i les muntava per a qualsevol cosa que es fes al poble: els Tres Tombs, Reis... L'avi l'ajudava. I, si en algun d'aquests actes s'havia d'agafar el micro i parlar, ell encantat.

La meva mare, de molt petita, l'acompanyava quan anava a sonoritzar i s'esperava a les grades mentre muntaven. Ves que no fos per això que un dia decidís fer teatre i es passés tota la vida anant de bolo, muntant també altaveus i parlant amb un micro.

El cas és que l'avi treballava cada dia de la setmana, perquè si tenia algun dia lliure, deia: «Vaig a fer hores!», i cap al Ferrer.

Fins i tot a casa, hi tenia un racó on muntava aparells de ràdio. La gent que se'n volia comprar una hi anava, ell li ensenyava les que tenia, el client triava, i llavors l'avi agafava un mocador de fer farcells, se n'anava a Barcelona —amb tren, és clar, que ja hi estava acostumat— i comprava la ràdio a trossos, els soldava i ho venia. Fins i tot després va arribar a muntar televisors.

Hòstia, quin fart de treballar. Va començar als tretze anys i ja no va parar!

Suposo que va ser un altre cop el karma qui el va portar a fer la mili. Us deu sonar estrany, això que acabo de dir, però de seguida entendreu per què ho dic.

—A mi em va tocar anar a Àfrica.

Però no, no hi va anar. Evidentment, va buscar la manera, un cop més, de salvar-se.

—Vai trobar que si havies estudiat ràdio, podies sol-licitar anar al quartel de transmissions, a Barcelona. I com que meses abans havia estudiat ràdio a l'escola Maymó, una escola que havia a Barcelona, lo vai sol·licitar.

I van començar el que ell va batejar després com «les seves millors vacances». Per què? Doncs perquè als sis mesos el van fer «cabo» i el van traslladar a la Seu d'Urgell. Tot un any...

—Vivint com un rei!

No hi havia ni caserna! Ell i dos més, vivint en una casa particular on tenien instal·lada l'emissora.

—Un era de Manlleu i l'altre de Tortosa. Vivíem como reyes, tu! A la nit se n'anàvem al cine, anàvem a ballar sardanes... Jo vai aprendre a ballar sardanes allà. Nàvem a la festa major de los pobles del voltant, a la de Castellciutat...

I vinga anar coneixent gent.

—Al dematí s'aixecàvem, te posaves la tovallola al coll i baixàvem al riu, que està allí a prop de donde vivíem. Se rentàvem les dents en el riu, se pentinàvem, s'afeitàvem, pujàvem a dalt, fèiem les transmisions... I, escolta'm, vivint como la hostia. Vai fer una mili collonuda!

Mira, una mica de tranquil·litat després de tanta merda, penso! Després el van enviar a fer un curs d'esquí a la Molina, i més tard, cap a Camprodon, on va seguir portant l'emissora des d'una casa. No tinc ni idea de què feia amb aquella emissora, ni què devia explicar, ni qui ho escoltava.

—Los soldats cada dia sortien formats i caminaven fins a dalt de la Molina. Ara lo fan con un teleférico, però abans, per camins fins a dalt. I los ensenyaven a esquiar, però yo, com que me quedava con la emissora, pues me quedava a baix. I allavons yo gafava los esquís i buscava a un puesto que havia nieve i sol, patinava por allà.

I per acabar-ho de rematar, els últims mesos, cap a Lles, un poble molt petit de la Cerdanya.

—I allí no vam fer res, tampoc.

Aquest res consistia a fer ràdio i esquiar. Allà al poble només hi van estar un parell de mesos, però, com que hi vivia molt poca gent, van fer moltes amistats.

—I quan van dir que se n'anàvem cap a Barcelona, vam dir entre varios: «Organitzem una festa?». Vam parlar con la gent del poble i, en un garatx que ens van deixar, vam fer un espectacle!

Com que la part artística ja li agradava i ja havia fet algunes coses, i a més s'havia passat tota la mili amb un micro emetent a la ràdio, a l'hora d'organitzar l'espectacle per acomiadar-se de la gent de Lles, va dir:

—Yo seré el presentador! Vai recitar una poesia i vai presentar l'espectacle. «I a continuació…», i presentava els números que feien. Cada u va fer lo que va poguer. Un feia de pallasso, el altre va fer quatre jocs de mans, lo que sabia, el altre va cantar no se què, uns es van disfressar de dona con lo que van trobar per allà, i vam fer un espectacle per la gent del poble, que no sé si eren quaranta o cinquanta persones, que van vindre. I van quedar meravellats, saps?! Bueno, aquello va ser un èxit!

Un èxit, excepte per un petit detall: a un li van obrir el cap. Però no patiu, l'avi sempre explicava aquesta anècdota rient.

—Al que feia de pallasso se li va ocórrer de fer un martell. Saps aquell martell que piques i fa nyanya-nyà!!? I què va fer? Va agafar un pot buit, li va fer un forat, va posar un pal i lo va tapar con paper no sé què, però con tan mala sort que li va donar a aquel i li va fer un trau i va començar a sortir sang. Ai, la hostia!!

No podia obviar aquest altre moment Fellini. El fart de riure que es feia mentre m'ho explicava.

És bonic veure riure algú que té més de noranta anys recordant una cosa que li va passar quan en tenia divuit.

Aplaudeix, no ballis i no treballis

Hi ha tres coses que em criden l'atenció. Tres coses curioses que passaven en aquella època i que ara ja no passen. Altra vegada, atenta tota la classe:

La primera, que quan l'avi era jove i ja estava a Vilanova, va seguir anant al teatre.

—Al Coliseum, al Romea, al Victòria, al Còmic... A qualsevol, feien teatre o folklore: la Lola Flores, la Juanita Reina... Tota aquesta gent venia por Barcelona, i a mi m'agradava.

»Arribava, me posava al costat del porter i le deia: "¿Me deja entrar?". I el porter me mirava d'arriba a abajo i me deia: "¡Hombre!".

»—"Coño, es que no tengo dinero. Hombre, tú mira para otro lado, me haces una señal y entro".

»I molts, molts me deixaven entrar. Por la cara.

»—"Sí, sí", decía. "Venga, ponte ahí. Es que está el dueño por aquí... Y, cuando eso, entra".

I és que això de buscar-se la vida ja es queda per sempre. Per això un dia, en veure uns senyors que sempre estaven a prop de les portes dels teatres i que de tant en tant s'apropaven a algú i li donaven alguna cosa, va decidir anar a preguntar i va descobrir el que era la «claca», un concepte que m'agrada molt. La claca. Tot i que no sé per què, ell sempre en va dir «la cla».

Va conèixer un tal senyor Rafael, que se'l va mirar de dalt a baix i va decidir que l'avi podia servir com a claca.

—Te deien: «Tu allí, tu allà, tu allà...». Te repartien per la platea i, quan acabava la cançó o lo que fos, la cla era la primera, la que començava. I sembla mentida, eh? Comencen a aplaudir deu, o dotze, o quinze, i la gent arranca. I jo tinc a casa, ja te lo ensenyaré, un carnet de la cla, con la foto y todo.

—Et deien quan havies d'aplaudir?

—Només aplaudir, sí.

»Però havia dies que te deien: "Quan cante aquesta o aquest... no aplaudiu", pero eso poques vegades.

»Un dia cantava la Lola Flores i me diu: "Quan cante la Lola Flores, no aplaudiu. Los demás, sí". Porque es veu que la Lola Flores le havia dit "No vull repetir", m'entens? Per no haver de fer cap bis.

»La gent aplaudia, però por lo menos la clac no s'hi sumava. Vaig anar a tots los teatres de Barcelona, por la cla i por la cara.

Boníssim! Tenir un carnet i tot, per fer de claca i entrar gratis als teatres!

No em sorprèn que la gent aplaudeixi, quan veu que uns altres aplaudeixen. Fins i tot, que si uns aplaudeixen molt fort, també puguin convèncer la resta que allò que han vist ha valgut encara més la pena. Som com un ramat, cap novetat. Això ho veig quan actuo fent comèdia. És molt més fàcil fer riure dues mil persones que dues, perquè la gent es deixa portar i no està tan cohibida ni tan tímida. Un anima l'altre, i es va contagiant. Passa molts cops que el primer a riure és un nen i els adults, en sentir-lo, es deixen anar i s'hi apunten també.

També he vist en molts teatres gent coneguda que es posava dreta per aplaudir i que això animava una part del públic a posar-se dret també. És fàcil deixar-se portar.

De fet, ja sabem de sobres que, si en un lloc hi ha cua, es creen expectatives i la cua creix encara més. Sempre he pensat que quan vaig actuar per primera vegada a Barcelona amb el meu primer espectacle hauria pogut trucar a uns quants amics perquè fessin cua cada dia davant del teatre, aviam si així atrèiem més gent. No ho he fet mai, però no m'estranyaria que encara hi hagi algú avui en dia que faci servir això de la claca. Això sí, sense el carnet oficial! Encara que, ben mirat, seria una bona manera de portar gent jove al teatre: si aplaudiu fort, entreu gratis!

Segona cosa que ja no passa i que em va cridar l'atenció: prohibit ballar.

—Quan acabava Carnaval, havia sis setmanes que no es podia fer ball. Sis setmanes! Se tancava tot. No havia ball porqué la Iglesia lo manava.

»Allavons, se les ingeniàvem. Van començar a sortir los tocadiscos, o una ràdio que le aplicaves un tocadiscos i lo amplificaves..., en fin. En cases particulars, que tenien un local petit, s'ajuntàvem deu, dotze, quinze, vint parelles, i pagàvem a escote: tanto, tanto, tanto. Compràvem quatre ampolles de lo que fos, de refresc (cocacola no n'hi havia, allavons, encara), unes pastes o algo per menjar i montàvem un ball allà. Aquello estava permès. Bueno, estava permès... Aixecaven la mà una mica. Ho deixaven fer i no deien res. I estàvem sis setmanes sense ballar, sis! Imagina't.

Bé, sis setmanes que l'Església ho prohibia, però ells ballaven igual.

I, per acabar, l'última cosa curiosa: prohibit anar en bici.

—Los dies de Setmana Santa, Viernes Santo, Jueves Santo y sábado de no sé qué leches, no podies anar en bicicleta por Vilanova, eh? Estava prohibit. Yo, que allavons treballava a la Renfe, que era igual que fos Setmana Santa que Any Nou, el dia que te tocava treballar, treballaves. Era un servei públic i a vegades te tocava la Setmana Santa, i tenia que ir caminant! No podia ir en bici! No podies anar en bici. Algun dia m'havien parat i m'havien dit : «¿Qué hace usted trabajando?». «Hombre, es que yo trabajo en la Renfe! I allí tenim que treballar». «Ah, bueno!». No deixaven treballar a la gent.

»Si, por exemple, treballava un paleta fent una obra, se tenia que amagar, porque estava completament prohibit treballar. En fin, coses! Coses rares, però bueno, que passaven.

Ho havíeu sentit dir, tot això, o sou joves com jo?

Donar les gràcies

Vaig descobrir més coses que compartíem el meu avi i jo. Una d'elles, que a tots dos ens agradava viatjar sols. Ell, quan tenia vacances, agafava una maleta i marxava pel seu compte.

Que si Tomelloso, que si a la Feria de Manzanares, a Còrdova, a Ciudad Real a visitar els familiars que tenia per allà...

—I bueno, vivia bé. Con poca pela, però com que allí tenia tot pagat, pues me n'anava.

Quan passava per Madrid, molts cops aprofitava i s'hi quedava també. Recordeu aquell senyor catedràtic que havia tret de la presó el meu besavi Paco?

—Mon pare no lo va oblidar mai, aquell senyor.

I en un d'aquells viatges l'avi va decidir anar-lo a veure.

—Me'n recordo perfectament: calle Apodaca, número 8.

Es va presentar a aquella adreça i va preguntar per ell.

—¿De parte de quién?

—Soy el hijo de fulano de tal.

Li va anar a donar les gràcies i a portar-li un regal per haver tret el seu pare de la presó.

M'agrada, aquesta història. La trobo bonica. És una d'aquelles coses que haurien de ser fàcils: donar les gràcies. Mira que simple! Una sola paraula, i tant que costa de dir, a vegades. Un detall, un gest que sembla senzill de fer. Ara, fer-lo ja és una altra cosa. I ell el va fer. Gràcies, avi.

El Pedro i la Palmira

Jo ja sabia que l'avi i l'àvia s'havien conegut en un ball, però tot i així li vaig voler preguntar com havia anat perquè me n'expliqués tots els detalls.

—La coneixia de vista. Sabia que era perruquera, però no havia passat res per la meva mente. A más, yo no tenia ganes de tenir parella. No havia tingut mai una nòvia. Vai tenir algun conato, però no. Sempre deia que no.

Oh, sorpresa! Aquesta no me l'esperava. No sabia que també ens assemblàvem en això.

—La vai conèixer que yo ya tenia vint-i-nou anys!

Saber això em va tranquil·litzar. Si no es van conèixer fins als vint-i-nou, jo vaig bé, no ens estressem. Llavors els vint-i-nou era molt tard!

—Érem una colla d'amics i ens dedicàvem a fer gamberrades, dintre d'un ordre. Una mica..., a viure. I ningú tenia ganes de tenir nòvia.

Un resum molt simple i bonic del que hauria de ser la vida: «Una mica..., a viure». Simplement viure, passar-ho bé.

—Ya ens coneixíem una mica de parlar... i va ser en un

ball. Saps on està la torre blava, que diuen? Bueno, pues al costat havia una pista de ball.

És una petita torre que encara hi ha a «baix-a-mart», com deia l'àvia; o com es deia «antas».

La Torre Blava, que no és blava, sinó d'un color més aviat tirant a... torre, ara està a uns cinc-cents metres del mar, però quan ells es van conèixer la platja arribava just davant.

—I va començar allà, amb una orquestra, ballant.

M'encanta aquesta imatge. A prop de la platja, la sorra, el mar, la llum de la tarda i davant la torre, l'Orquestra Planas amb cinc o sis músics vilanovins amb vestits elegants i tocant.

—Allí una tarde, pues mira, va sortir. La vai veure por allà, vam començar a parlar..., i la vai treure a ballar. I hòstia! Vai sentir algo diferent.

L'orquestra tocant, la gent ballant i ell que, amb vint-i-nou anys, li comença a trontollar la idea de no voler tenir nòvia.

—Llavors, ya:

«¿Y qué harás mañana?»

»¿Y cuándo irás a...?»

«I què fas diumenge?»

«I si anem al cine...?».

»I mira, vam començar a poc a poc, a poc a poc. Los diumenges, clar. Ella tenia mucha... molta feina a la perruqueria. També treballava el diumenge, imagina't!

»El dissabte a la nit treballava hasta les tantes. La gent anaven a arreglar-se pel diumenge. I escolta'm, no tenia hores, no parava. A la tarda, el diumenge, sortíem a última hora. Se n'anàvem al Principal, al cine, i alguna tarde nàvem a ballar.

Quan van començar a quedar, els germans de l'àvia li deien: «Uuuuuui! Un murciano! Fotràs pudor d'all i ballaràs sevillanes».

Després, quan el van començar a conèixer de veritat, van acabar les ximpleries i les reticències, és clar. Però al principi els van encolomar el Raimon, el nebot de l'àvia, que llavors devia tenir uns catorze anys. Se l'havien d'emportar a tot arreu i, anessin on anessin, el Raimon amb ells, aguantant l'espelma.

La vigilància en aquella època no acabava aquí! De fet, quan les filles anaven a ballar, totes les mares es posaven al voltant del ball per vigilar. L'àvia no hi podia anar sola, a ballar! Bé, sí que podia... però amb la mare al costat, caram.

Tots els dissabtes i diumenges, l'avi feia de rapsode al Teatre Catòlic, o a la bolera o al Teatre Bosc, on feien cinema. Entre pel·lícula i pel·lícula sortia i recitava alguna poesia que s'havia après.

També actuava quan feien varietats. Un que feia màgia, un que tocava el piano... i ell sempre allà recitant o presentant. Amb qualsevol excusa muntaven un ball o un espectacle, llavors! Si no era per un homenatge als mariners, era per la reina del Carnaval o per festa major... Jo no vaig veure mai l'avi actuar! El Raimon sí que l'havia vist recitar molts cops. Com que els havia d'acompanyar sempre a tot arreu...

El cas és que, l'avi un dia li va escriure una poesia sobre la sardana!

Què més pots demanar?! Un «murciano» que arriba al teu poble, que no parla el mateix idioma que tu i us enteneu com podeu, i t'escriu una poesia sobre la sardana!

D'aquesta manera és com l'àvia deia que s'havia enamorat. El que no sé és si en aquell ball a la platja ella també va sentir alguna cosa diferent.

—Ahí al ball va començar, i sense donar-me compte, pues vai caure.

M'hauria encantat veure com es van conèixer. Sentir què es deien i sobretot com s'ho deien.

La família de la meva àvia sempre havia parlat català i no tenien relació amb ningú que parlés castellà. El poc que sabia ella de castellà era del carrer o de l'escola. Hi havia anat molt poc, i com que en aquella època t'obligaven a parlar castellà, explicava que li pegaven perquè no el parlava bé. De fet, el parlava molt malament. I el meu avi, que havia vingut d'Alcázar, doncs no parlava català.

L'idioma no ha sigut mai un problema per entendre's, quan en tens ganes. I com que es van agradar, es van entendre com van poder; o, més ben dit: es van entendre com van voler.

Quan van tenir la primera filla —la meva mare—, l'àvia va dir: «Jo no sabré renyar en castellà». «Pues yo no sabré hacerlo en català», va dir ell. «Vamos a hablarle cada uno en su idioma, porque así hablarán dos idiomas».

Així que cadascú va seguir parlant la seva llengua amb total normalitat.

Abans de tenir fills, però, es van casar, és clar! L'avi tenia trenta anys, i casar-se a aquella edat, en aquella època, era casar-se molt tard!

—Sí, sí, em va costar. Yo no tenia moltes ganes de casar-me, no. És que eren temps que deia: «Yo no em casaré mai!». I un dia vai pensar: «Ya està bé. Con trenta anys ya està bé».

L'avi va haver de presentar-se a casa de la mare de l'àvia per demanar-li la mà de la seva filla i respondre la pregunta:

«Quines intencions té vostè?». No sé si s'ho havia estudiat, però devia respondre molt bé, perquè va aprovar l'examen.

El Pedro i la Palmira es van casar i van acabar sent els meus avis, perquè ell no va anar a Màlaga i ella es va trobar un xoriço.

L'atzar, el xoriço i el destí

A mesura que vaig escrivint aquesta història, em vaig adonant de la importància de l'atzar. És fort pensar que si ara soc aquí és per un seguit de coincidències increïbles. Si miro enrere, la llista és llarga: que l'avi i la seva família sobrevisquessin a una guerra i als bombardejos; que, just quan van anar a Alcázar, que és on estaven rebent més atacs, paressin de tirar-hi bombes; que el besavi conegués un catedràtic a la presó que li va caure bé i el va ajudar a sortir-ne; que ell sortís de la presó i el seu germà no en sortís mai més; que arribessin a una nova ciutat sense diners i que un botiguer confiés en ells i els deixés agafar tot el menjar que volguessin.

Tot un seguit de circumstàncies que van fer que l'avi acabés a Vilanova, un poble que estava a l'altra punta d'on havia nascut, i que ell i la seva família s'hi quedessin a viure per no marxar-ne mai més.

—A los tres anys d'estar a Vilanova, mon pare va rebre una carta que li deia que el càstig havia acabat, que podia sol·licitar onte volgués de tot Espanya. Hi va haver reunió a casa i mon pare va dir: «Què fem?».

»Entonces podríem haver acabat onte fos que hi hagués un dipòsit, a Màlaga, Madrid, Girona, Saragossa...

Ell era jove i li feia gràcia anar a Màlaga, una ciutat on hi havia molt de moviment, festa... Va insistir una mica a anar cap allà, sí, però al final...

—Tots, per unanimitat, vam dir «Vilanova». I ens vam quedar aquí.

L'atzar també va voler que aquella vilanovina a qui li agradava prendre el sol —i que creia que «tovallola» en castellà era «tovallóla» però amb les os molt tancades— s'enamorés finalment d'un manxego i no d'un altre pretendent que tenia, que per sort havia menjat xoriço.

Tenim una foto d'ell i tot. L'àvia tenia un pretendent enamorat. Un que li tirava la canya, per entendre'ns, però no van arribar a fer res.

Un diumenge la va anar a buscar a casa i quan li va dir «Hola, Palmira!» resulta que portava un tros de xoriço entre les dents. Cada cop que l'àvia explicava aquesta anècdota, rèiem. Sempre ens ha fet gràcia la història del xoriço. Pobre noi, a ella que de seguida qualsevol cosa li feia fàstic..., i li apareix aquell senyor amb un tros de xoriço a les dents! Allà mateix el va suspendre.

S'ha d'anar amb molt de compte amb els petits detalls, nenes i nens. Si no arriba a ser per aquell trosset de xoriço, qui sap si aquell home seria el meu avi. Els petits detalls poden arribar a ser molt importants.

Tal com em va dir el Jango Edwards, el meu mestre de clown, és més bonic creure en el destí. És massa vulgar, creure en l'atzar; és com treure importància a les coses que passen. Per això deia que, com a mínim per fer-ho més maco, hauríem de dir que el que ens passa és cosa del destí.

M'ho prendré així, doncs.

El destí va voler que l'avi i l'àvia es coneguessin, ballessin i s'enamoressin.

A partir de llavors, tindrien tres fills, i aquests, també tindrien fills i així passarien a ser avis. Tots plegats farien dinars familiars on l'avi acabaria explicant històries de la seva vida. I anys més tard, quan l'avi fos gran, un dels nets li preguntaria: «I com és tenir noranta anys?».

Ser gran i veure que les coses canvien

M'agrada la conversa que vam tenir sense pressa. Aquell dia que el vaig gravar, em va anar explicant tota la seva vida, començant amb el seu primer record, de quan tenia sis anys. Una cosa va portar a l'altra i, amb confiança i tranquil·litat, vam acabar parlant del present. Jo volia saber com es veu la vida quan ets tan gran.

—Com et sents, tenint noranta-dos anys?

Tenia ganes de preguntar-l'hi.

—Doncs mira, feliç. Feliç de trobar-me bé, que tots estigueu bé...

És important el matís «que tots estigueu bé». Què més es pot demanar? Els altres estan bé i ell està bé. I, seguidament, em va dir: «I con ganes de fer coses».

Que amb noranta-dos anys encara tinguis aquestes ganes no és poca cosa.

—Fins als noranta-un anys vai anar amb bici. Però vai tornar un dia a casa i em vai donar conte que m'havia cansat una mica massa. I vai pensar: «Fes una mica de repòs, deixa-lo estar una mica».

»Era hivern. L'excusa va ser el fred, però abans havia sortit con fred i de tot! Però l'excusa va ser "fa fred", i vai anar perdent les ganes. La bici està allà penjada, i ya no m'he vist en cor de sortir. Vai pensar que noranta-un era una edat que ya estava bé! A lo millor podria haver continuat, o a lo millor demà podria pujar i anar, però penso que no. Per nar a patir i passar-lo malament…, pues ya està. Hasta aquí.

La versió dels fills és que van ser ells que li van dir: «Va, prou». Ja se sap, diferents maneres de veure les coses.

—Amb els anys has vist que hi ha coses que han anat canviant?

—Clar! Tot, tot... De los noranta-un p'aquí me donat conte que si ara vull pujar a sobre d'aquesta taula tinc que posar la mà aquí, quan abans donava un salt. Que quan baixo l'escala m'agafo al passamà. Si m'acoto molt, pues noto que em canso més que no pas abans que estava tan actiu. Que hi ha coses que són més lentes. A vegades parlo con la metge i diu la metge: «¡Hombre! ¡Son noventa y dos!».

»Però encara fai coses. Vull dir que… em moc! Surto cada dia. Tindria ganes de fer més, però penso: "Bueno ya està bé, ya has complert". No és que t'abandonis, però te limites una mica.

»Sortosament, del cap estic bé. Puc olvidar algun nom, alguna història, però després me ve. Si llegeixo m'entero de lo que estic llegint; si miro la tele sé lo que estic veient. Sé cómo va el món, miro les notícies, estic al dia… I dic: "Bueno, i què vols més? Ya està, no pots desitjar més".

Intento entendre com és veure canviar tantes coses, entre els deu i els noranta anys, la velocitat del tren, la velocitat de l'Olivetti, la velocitat de tot.

—És molt, molt diferent. Molt diferent! A la vida… Hem vist coses, nosaltres, que ahora dius: «Hòstiaaa!».

Ha de ser brutal, veure arribar tants canvis. Suposo que a mi també em passarà, però de moment no en soc conscient.

—Una de les coses que hem viscut nosaltres és que, por ejemplo, quan vai començar a treballar, los primers diners que vai guanyar van anar directament a la mà de la meva mare. Tots, tots!

»Però això, fins que me vai casar: yo no vai disposar de un duro! Lo que em donava ella el diumenge, entens? Alguns, en la nòmina, feien trampa. Cobraven i es quedaven con algo. Yo mai lo vai fer.

»Ella és la que administrava la casa i la que, quan arribava el diumenge, et deia: "Té". I quan necessitaves un tratge, ella nava amb tu i te comprava unes sabates, una camisa… Ella ho feia tot. Tu no negociaves. Podies triar, però no disposaves de diners.

Això no ho sabia! Tant i tant que va treballar i no ho cobrava ell! Potser per això, tot i que no volia casar-se, amb vint-i-nou anys devia dir: «Vinga, va, potser que m'hi decideixi, que almenys així podré fer el que vulgui amb els diners!».

—Molts costums han canviat i són diferents.

Hi ha tantes coses que ja no són com eren, que ara, fins i tot ja no caminem per on toca! M'explicava que llavors quan caminaves pel carrer, havies d'anar per la dreta. De fet, un policia de Vilanova fins i tot va voler fer-ne una llei i posar multes a qui no la respectés.

—No va prosperar, porque la gent… ya… tu saps. Trobo que tampoc era massa bona idea. I esto eren los anys cinquanta o por ahí, fa poc.

Em fa gràcia: «Als anys cinquanta, fa poc». El temps és relatiu, depèn de l'edat que tens, és clar. I, pel que veig, tot ha anat canviant, però la gent —«ya... tu saps»— feia poc cas, com ara.

Ell es va anar acostumant a veure com canviaven totes aquelles coses que semblaven sagrades, com parlar de vostè, cedir el seient a algú que ho necessita, ser educat...

—I tot això s'ha perdut. ¿Por qué? Pues no lo sé. Porque la joventut surt d'una altra manera... Por lo que sigui. Però aquestes normes, les ensenyaven en casa, no en el cole, les ensenyaven en casa! Los pares. Tu, quan vagis aquí, has de fer això; quan vegis una persona l'has d'ajudar, l'has de donar la mà... Però ara és diferent!

»Aquestes normes s'han perdut, per bé o per mal. No lo sé, yo no lo critico, m'és igual. Que facin lo que vulguin. Però, clar, la diferència de viure ara a abans..., buaaa, onte va a parar!

»I són les... dos quarts de nou, eh?!

—Sí, sí!

—Què fem? Seguim o...? Jo ara vull pixar.

—Quan vulguis anem, eh?

—Hòstia! Què portem? Són les cinc: portem tres hores i mitja o quatre, casi! Això, què faràs, ara? Corta i pega? Eh, Guillem?

—Bueno, quan ho tingui...

—Vull dir que a lo millor alguna cosa la pots tallar...

—Sí, sí!

—I si vols un altre dia t'explico la meva part artística.

Vet aquí una de les connexions que teníem: la part artística. Això em va animar a fer-li una pregunta innocent —quan va tornar del lavabo, és clar— sense tenir ni idea del que em respondria.

—Quan eres petit, què volies ser de gran?

No se l'havia plantejat mai, aquesta pregunta. Ni tampoc l'hi havia fet ningú. Diu que no recordava tenir cap meta. Ja ho entenc, que amb totes les coses que no paraven de passar-li s'havia de centrar en el present. Suposo que és una pregunta que et fas quan estàs tranquil i pots decidir. Si amb tretze anys t'has d'estar buscant la vida per trobar menjar, has de viure el present sí o sí. Però jo l'hi vaig preguntar quan en tenia noranta-un, i de cop em va dir:

—Poder, a lo millor, si hagués tingut la oportunitat, estant ya aquí a Vilanova, m'haguera dedicat a ser actor.

No m'ho havia dit mai! Aquesta resposta em va sorprendre, i no sé si la resta de la família ho sap. Que li feia gràcia, sí, però que s'hi hagués dedicat?

Sempre parlàvem de com m'anava la feina i em preguntava per com m'havia anat l'última actuació, on seria el proper bolo... i li explicava el que estava assajant o em venia a veure actuar. Ara entenc que devia veure en mi el que a ell li hauria agradat fer. Amb tot el que va viure, però, no s'ho va poder plantejar mai seriosament. Per això li devia fer il·lusió que un dia la seva filla, amb disset anys, li digués que volia actuar i fer titelles. La meva mare s'ha passat tota la vida actuant amb una companyia de teatre de titelles, amb el meu pare i la meva padrina.

Això va fer que el meu besavi, a qui li agradava molt fer manualitats, anés feliç a ajudar-los quan es va jubilar: «¿Puedo hacer algo? ¿Puedo hacer algo?». i el meu pare li ensenyava a fer carotes i ell, cada dia, amb la bata fent carotes sense parar. Com que al local de la companyia sempre hi havia gent jove, ell estava encantat i a gust, explicant històries mentre anava construint el que fos.

«¿El Toni? ¡Se ha ido a estudiar a Francia de tonto! Pa estudiar de tonto tiene que ir a Francia!», deia de broma rient quan el Toni Albà —que és com de la família però sense ser-ho— va marxar a França a estudiar teatre.

Encara que al local no hi hagués ningú, el besavi tenia la clau i hi anava sempre. Un dia, mentre els pares estaven pintant el que seria el seu teatret de fusta en un altre espai de Vilanova que els havien deixat, van sentir a la ràdio que hi havia hagut el cop d'estat. Un amic seu, el Lluís, que es veu que abans no era tan tranquil com ara, es va posar nerviós, es va atabalar i va marxar corrent cap al local de la companyia, on hi havia el meu besavi fent coses:

—¡Señor Paco! ¡Que ha habido un golpe de estado!

Ell, sense immutar-se, va dir:

—Pues será el tercero.

I va continuar fent.

El Lluís, tot esverat:

—¡Me voy a Francia!!

—¿Con bici?

—¡Como sea!

Quan hi van arribar els altres i el Paco els va explicar el que havia passat, es morien de riure:

—Oye, que tu amigo Luís se ha ido a Francia con la bici.

—¿¿Cómo que se ha ido??

—¡Que se ha ido a Francia con la bici! ¡Estaba muy nervioso!

Que diferent que es veuen les coses depenent de l'edat i del que has viscut.

El Lluís, amb tota l'energia de la joventut, capaç d'anar a França amb bici des del primer segon que s'assabenta que hi ha hagut un cop d'estat, i el besavi, amb tot el que havia viscut (una guerra, una postguerra, la presó, marxar del seu poble...) i quan l'avisen del cop d'estat, contesta tranquil·lament:

—Pues será el tercero.

Al besavi li encantava anar al local cada dia i viure aquestes coses, i és exactament el mateix que va fer el meu avi quan es va jubilar. Hi havíem compartit moltes hores. És com més el recordo, passant-s'ho bomba, construint mil i una coses.

Molt de material del que van comprar era perquè ell s'ho passés bé. Que si un soldador, que si un torn...

Ajudava els meus pares a construir l'escenografia dels espectacles, i després també a mi, quan vaig decidir dedicar-me al mateix. I, si no estàvem al local, ell hi anava igualment a fer invents, a reparar un ventilador per a algú de la família o a construir un estenedor per a casa seva.

S'hi passava hores i hores, i mentrestant l'àvia es quedava a casa tranquil·la. A ella li agradava estar-se a casa. Mira, en això dec haver sortit més a l'àvia.

«¿Qué hay que hacer, Bertu?», preguntava l'avi al meu pare, igual com havia fet el meu besavi anys abans. I, així com ell, li encantava estar envoltat de gent més jove que venia pel local i li donava conversa mentre fèiem el vermut.

L'avi, quan es va jubilar, va poder estar lligat a tot aquest món artístic que tant li agradava i al qual mai s'havia pogut dedicar professionalment.

De jove sí que va poder fer els seus «pinitos» com ell deia.

—Vai fer teatre una mica, vai fer ràdio, vai tenir una època que estava molt vinculat con aquestes històries!

De la ràdio també en parlàvem, perquè jo vaig començar a fer-ne d'adolescent i en diferents èpoques he col·laborat en algun programa. L'any que va morir vaig començar a treballar amb l'Albert Om, que a ell li agradava molt. Això de fer ràdio amb l'Albert ja li semblava seriós! I el dia que tenia programa ens trucàvem, parlàvem de mil coses i sempre donava peu que m'acabés explicant alguna anècdota del que ell havia fet. M'agradava escoltar-les:

—A Vilanova havíem fet lluminàries a la nit. Saps què era una lluminària? Doncs un carrer organitzava un ball en benefici d'hospitals. Posaven quatre banderetes, llogaven una orquestrina molt popular que hi havia aquí a Vilanova i feien ball, aquella nit. O, si no tenien tanta pela, perquè ho pagaven els veïns, doncs un tocadiscos. I yo sempre estava de locutor, presentant el ball que se ballarà, la rifa que es feia..., porque es feia un sorteig per gafar peles i aquestes peles naven a l'hospital.

És a dir, que feia de presentador, de *speaker*... Vaja, una cosa que jo he fet bastants cops.

—Ya havia acompanyat l'Iturat, el ciclista aquel, con el micro.

Quan l'Iturat guanyava, el portava de *speaker*. Si arribava en tren, per exemple, li organitzaven una rebuda i el portaven fins a l'ajuntament amb un descapotable, i l'avi anava narrant-ho tot i animant l'ambient.

—Havia estat també en carreres de cavall, con el micro.

Com que treballava a la botiga del senyor Ferrer i l'ajudava a muntar els altaveus i tot l'equip de so, el va convèncer perquè li deixés fer de *speaker*.

—Tenia amistat con él y eso..., y bueno, yo, con el micro.

—I això ho feies en català o en castellà?

—No, en castellà. Estava prohibit el català, eh, Guillem? Tu naves a l'ajuntament i hi havia un cartellet que posava: «Hable el idioma del imperio». Així, tal qual t'ho dic: «Hable el idioma del imperio!».

»Un acte, fer una obra de teatre, el cine, los diaris... Tot en castellà. Ara, en les cases, en privat, clar, es parlava català.

»Aquí, por parlar català, te podien posar a la presó, si volien! Porque estaves infringint la llei. En castellà, tot!

—Entre vosaltres, a la família, parlàveu castellà?

—Sí, a casa es parlava castellà, sí. Porque, clar, los pares parlaven el castellà. Luego yo, ya, con la Palmira... Però vai trigar, eh? Em va costar parlar català.

Això tampoc ho sabia! A l'avi li feia vergonya parlar català per la pronúncia que tenia, i no va ser fins que va néixer el seu primer net —el meu germà— que s'hi va decidir.

Com ja he sentit en casos similars, gràcies als nets, va perdre la por i es va atrevir.

Fins i tot li va dir al meu pare, que sempre li havia parlat en castellà: «No, no, a partir d'ara parlem català».

No era conscient que vaig conèixer l'avi 2.0.

Per mi sempre va ser l'avi de l'època DN (l'època Després dels Nets).

L'avi que havia perdut la vergonya de parlar català gràcies als nets.

L'avi que ja estava jubilat després d'haver treballat tota la vida.

L'avi que ja no fumava! No en tenia ni idea.

L'avi que havia començat a anar en bici, que sempre havia sigut una de les seves passions.

L'avi que pintava sense parar, de diferents maneres i a qualsevol lloc, sempre amb la ràdio o amb música de fons.

L'avi que anava a buscar musclos a les roques.

L'avi de l'«ara sí que és vida».

De tot això me n'he assabentat ara, escrivint el llibre. Per mi ell sempre va ser de la mateixa manera. L'avi sempre va ser l'avi. El que feia tot allò que sempre havia volgut fer.

Deia que quan es va jubilar va començar a viure i ja només feia les coses per plaer.

És a això, al que jo aspiro! Però, posats a demanar, que no hagi d'esperar a jubilar-me!

L'avi, el recordo sempre amb bigoti, i jo porto bigoti des que va morir l'àvia. Abans, per actuar, sempre anava afaitat o portava una barba d'aquelles que s'ajunten les patilles amb el bigoti, però un dia vaig decidir que actuaria amb bigoti. Només bigoti, com l'avi.

Feia mesos que sabia quin dia exacte m'afaitaria. Ho sabia perquè estava fent un espectacle i no podia canviar les pintes que portava. Ja tenia calculat que l'endemà de l'última funció m'afaitaria, i que al cap de dos dies faria les fotos per al cartell del nou espectacle. Tot pensat.

Va resultar que l'últim cap de setmana de funcions, el dia abans d'acabar i d'afaitar-me, va morir l'àvia. Això volia dir que el dia que l'havíem d'enterrar era just el dia que jo havia decidit que em volia afaitar. Us pot semblar una ximpleria, però no em vaig veure amb cor de fer-ho. Em va semblar que era massa coincidència i massa estrany arribar al tanatori just aquell dia, amb bigoti per primer cop. Així que aquell dia hi vaig anar com sempre i l'endemà, després de plorar, em vaig afaitar com el meu avi.

Ser gran, estimar i no tenir por de morir

Repassant amb distància la conversa que vam tenir, em sorprèn adonar-me que li vaig fer preguntes que em pensava que no m'havia atrevit a fer. Preguntes tan sinceres i directes que fins i tot em venien dubtes de si m'estava saltant una línia d'intimitat que no sabia si podia creuar, amb l'avi. I estic content d'haver-me empassat la vergonya i d'haver-li preguntat sobre l'amor, sobre la por i sobre la mort.

—Ara, amb l'àvia, porteu seixanta anys junts, no?

—I dos!

—Seixanta-dos?

—Bueno, i un parell o un i mig que vam estar de nòvios… Pues fíjate: casi seixanta-quatre anys junts!

—Com és estar tants anys amb la mateixa persona?

—Sempre ha de cedir un. Sempre! El matrimonio, qui digui que no ha tingut una discussió…, jo no ho crec. Discusions, hem tingut. Discussions que duren lo que dura la discussió.

»Alguna ha durat unes hores, que has estat una mica en silenci, però has de tornar. Tu mateix has de dir: "Bueno, què passa, aquí? Qué tonteria he dit jo?". Porque lo que has de tenir en conte és saber qui és el que ha fotut la pata, lo has de reconèixer. Si has sigut tu, al final has de dir: "Bueno, vaya tonteria que he dit aquí i no tenia que haver dit".

»Discutim per qualsevol tonteria. Ara! Ara arribaré i discutirem. O fa una hora, abans de venir aquí, ens hem discutit. Però és la vida això!

Posaria la mà al foc que la discussió havia vingut per la samarreta. Segur que l'àvia hauria preferit que vingués amb camisa. Si allò havia de quedar gravat, millor anar-hi ben vestit. Però a ell li va fer gràcia venir amb la samarreta d'un espectacle meu que li agradava molt.

I llavors em va explicar per tot el que discutien sempre. Perquè ella creia que no s'havia cordat bé un botó de la camisa o per si portava la roba arrugada...

—Cosetes d'estas… Esto es continuo, en un matrimoni! Que se tinguin divergències: a mi m'agrada això, a tu no t'agrada... Vols, no vols… Eso es. Així hem passat seixanta i pico d'anys! Ya está.

En aquest moment m'hauria agradat preguntar-li: «Però us estimeu?». Sé que la resposta hauria estat que sí, però entenc que, després de més de seixanta anys de relació, del primer que em parlés fos de la rutina. Ja entenc que no em contestés com si fos una pel·lícula romàntica i s'acabessin de conèixer.

Tots dos m'havien dit més d'un cop: «Ens discutim... què hem de fer? Si no, ens avorrim». I així es buscaven les pessigolles per fer enfadar l'altre, com els nens. Però és clar, que s'estimaven.

Quan ja havia mort l'àvia, un dia, dinant amb els cosins petits, em vaig pensar que l'avi s'havia tornat a marejar —un cop més— i em vaig preocupar —un cop més—, però de seguida vaig veure que plorava. Li havia vingut així, de cop. Llavors em va dir una frase que em va quedar gravada: «És que la veig a tot arreu. Tot em recorda a ella, una tassa, un plat...».

M'enrecordo molt del plat. La tassa no ho sé si ho va dir però recordo perfectament que fins i tot un plat, li recordava a ella.

Ser gran i estimar.

I llavors ve la pregunta que sabia que li volia fer i no recordava si m'havia atrevit:

—I ara hi ha alguna cosa que et faci por?

Realment, vaig fer la pregunta per veure si em podia ajudar la resposta. Per veure si les pors que jo ara tinc marxaran algun dia, quan sigui gran.

—Por? No. Ni de morir-se. Tampoc.

Jo li havia preguntat per la por, però ell em va parlar de la mort.

—No, no, porque no és: «Hostia, me ha tocado a mí». No, a to quisqui le toca. Vull dir que és una cosa natural! I si tens quaranta, cinquanta, hasta seixanta anys, sí que pots tenir por de morir. Porque, hòstia, encara tens força!

»Però ara ya, quan arriba aquesta edat, dius: Bueno, el dia que arribi... que sigui. Que sigui tranquil.

És bonic veure venir la mort amb aquesta calma, i, vist amb el temps, va morir com ell volia. El dia que li va tocar, com «a to quisqui le toca», va marxar tranquil·lament.

—Porque yo ara surto, i de la meva edat boi no trobo ningú. Molt poquets! Yo surto de casa, i puc passar carrer de l'Aigua, carrer Caputxins, plaça la Vila, rambla amunt, rambla avall, carrer Macià… i no saludo a ningú. No trobo a ningú que conegui. Veig gent jove, que a lo millor sí que conec. «Mira, el fill d'aquell», però no ha compartit res amb mi. Gent que hagi compartit amb mi…, hi ha un que havia sigut maquinista que sí, havíem treballat junts, a vegades ens trobem, ell va con bastó, ya. Té la mateixa edat que jo, vam néixer el mateix mes, vam treballar junts un temps, i es troba també bastant bé, però no trobo ningú més. Conec a tres.

»Arriba un moment que ja no trobes gent. Gent amb qui jo hagi treballat, que puguin parlar d'aquells temps, pues no.

»Ahir mirava fotos de la mili, que ya no me'n recordo de los noms, i penso: Aquests, segur que algú d'ells ya no està aquí. Porque són de la meva edat. De la meva edat ya, molta gent ha capitulat. I és lo que té.

Ser gran i no tenir por.
Ser gran, i saber que el següent és morir.

L'últim adeu

És difícil saber quan serà l'últim adeu. Ni l'últim res.

No vaig saber que era l'últim cop que la mare m'acariciava el nas amb el dit perquè m'adormís; ni l'últim cop que l'àvia em tallava el menjar a trossets petits; ni l'últim cop que el padrí em regalava la mona, ni tampoc que aquell seria realment l'últim cop que ens faríem petons amb aquella noia que m'agradava tant.

Igual com tampoc vaig saber que l'últim cop que parlaria amb l'avi seria a través de WhatsApp, quan em va felicitar l'aniversari el dia abans de morir.

Segurament, abans que mori algú que conec, l'última cosa que li diré no serà «adeu». Potser serà un «bona nit», un «ens veiem», un «okey, ja et diré alguna cosa» o un «avui no puc quedar per sopar, però d'aquí un mes aniré més tranquil de feina».

Sovint, quan m'acomiado d'algú, hi penso. I si aquest és l'últim cop que el veig? I si aquesta és l'última cosa que li diré?

Pocs finals he vist a venir, i m'adono que em queden moltes més morts per viure que no pas morts que he viscut. I em fa pena.

No tinc clar si al llarg dels anys, quan vas acumulant morts al teu voltant, aquesta percepció acaba canviant. Sempre em pregunto com es fa per gestionar tantes morts, com ho va fer l'avi. Segur que es pot trobar la manera, perquè ell la va trobar, després de veure morir els pares, i les germanes petites i la dona... I és aquí quan em pregunto: d'on surt, després de viure tot això, l'energia per seguir endavant.

Quan arribi, que sigui tranquil

L'altre dia vaig quedar per prendre alguna cosa amb el Sergi, el meu tiet. El fill petit de l'avi.

El que havia de ser un cafè improvisat va acabar sent la conversa més sincera que he tingut amb ell. Em va preguntar com portava això del llibre i vam acabar parlant de com havia mort l'avi. No n'havíem parlat mai tan directament.

El dia que va passar, el Sergi havia anat a casa d'ell a dinar. «Portaré els nens», li va dir al matí. «No, millor que no... un altre dia», li va contestar. Ara, vist amb perspectiva, se'ns fa estrany que l'avi no volgués veure els nens. Molt estrany. Sembla com si ja sabés que no estava bé, que estava massa cansat.

Aquella mateixa setmana, dos dies abans, jo havia estrenat un programa de tele que presentava i dirigia. Un projecte personal, amb amics, on hi havíem posat moltes ganes. L'endemà, divendres, va ser el meu aniversari, i dissabte l'avi va morir.

Ja sé que va ser casualitat, però tinc la sensació que tot va quadrar massa. Un altre cop l'atzar. Es va esperar que hagués estrenat el programa que tanta il·lusió em feia. Això penso, potser només per consolar-me, però ho penso. Tothom ha de buscar on agafar-se.

Aquell dissabte l'avi va voler tornar a mirar el programa mentre dinava amb el meu tiet, i a l'acabar li va dir: «Em fas una macedònia?». Al Sergi li va estranyar, perquè l'avi no l'hi havia demanat mai. Una macedònia l'avi? Però li va fer cas i va anar tallant fruites per fer allò que mai havia fet i que aquell dia, a l'avi, li venia de gust. Una mica de nata per sobre, una mica de son… i: «Vaig al lavabo», va dir. «T'acompanyo?». «No, no!».

Que estrany, un altre cop. El Sergi l'havia acompanyat al lavabo cada vegada, i ara li deia que no calia, que hi podia anar sol.

I ja no va tornar.

Després de riure mirant el programa de tele, i de menjar-se unes postres ben dolces, després de sentir-se feliç, va morir.

—Va riure, eh? —em va assegurar el meu tiet.

Doncs que brutal marxar així.

—No havia vist mai morir ningú. Va ser el primer cop —em va dir el Sergi. I de seguida vaig pensar: «Merda, algun dia em tocarà».

—Coneixes la cançó de la Mayte Martín «No pensar nunca en la muerte»? Sempre que l'escolto hi penso. L'avi va ser això.

I jo que, ara, de tant en tant, me la poso.

Podeu parar de llegir un moment, si voleu, posar-vos els auriculars i escoltar-la. Sigueu on sigueu. Parar-ho tot sempre va bé. Gaudiu-la.

L'avi, va ser això:

No pensar nunca en la muerte
y dejar irse las tardes
mirando cómo atardece.

Ver toda la mar enfrente
y no estar triste por nada
mientras el sol se arrepiente.

Y morirme de repente
el día menos pensado.
Ese en el que pienso siempre.

Quines coses té la vida. Al següent programa hi sortia l'avi fent una petita aparició que havíem gravat. No el va poder veure, però sé que li va fer molta il·lusió que li demanés de sortir-hi. Això és l'important.

Uns dies després que morís, el vam poder veure per la tele actuant. Fent allò que sempre li hauria agradat fer.

«Avi ha marxat del grup»

Fa sis mesos que l'avi va morir i fa dies que sabia que aquest dia havia d'arribar.

Porto tot l'agost a Menorca descansant. Ho volia i ho necessitava. Després d'un any de treballar moltíssim, volia desconnectar de tot. No faig res més que no sigui no fer res sense sentir-me malament per això. I, quan faig alguna cosa, és anar a la platja, mirar peixos, menjar formatge i raïm o quedar amb algú per riure i parlar de la vida. M'he eliminat les xarxes socials i intento mirar el mòbil el mínim possible. Però avui, després de fer un volt nocturn per Maó i de tastar un nou gust de gelat, arribo a casa, miro el mòbil i ho veig.

L'avi ha marxat del grup de WhatsApp que tenim amb la família.

Havia d'arribar el moment, és clar, i suposo que s'anava allargant i retardant tant com es podia.

A qui ho hagi fet, segur que li deu haver costat. Expulsar-lo del grup, ni més ni menys. Mira quina ximpleria, i alhora que dramàtic. Ja ho sabem, que fa mesos que ha marxat, però aquest gest simbòlic ha fet que tot torni. Com si s'hagués mort un altre cop. Com si fos una novetat, com si hagués passat ara mateix. Un altre final. Tornar a acceptar el final.

De cop em paralitzo i em surt un petit somriure. Un somriure amb sospir com de «Ja ho sabia, ja m'ho esperava; què hi farem!».

Que curiós, que m'hagi sorprès tant una cosa que sabia que havia de passar. I em ve un petit atac de pena.

Aquests dies ha vingut a veure'm una amiga, i entra al menjador on soc just en aquest moment. Li explico el que m'acaba de passar i, sense afegir res més, ens abracem. No és el primer cop que ens abracem plorant. És d'aquelles persones que saps que pots abraçar amb confiança, l'estona que sigui.

Quina casualitat que estigui aquí, just en aquest moment. L'abraçada em tranquil·litza i em fa sentir lliure per plorar una mica més. Però respiro. I després torno a mirar el mòbil i llegeixo sense parar la frase «Avi ha marxat del grup, avi ha marxat del grup, avi ha marxat del grup...».

La nostra conversa privada no l'he esborrat, molt conscientment. Sempre que hi passo per sobre, penso: «No l'esborro».

Allà queden la seva felicitació per l'aniversari i el meu «Moltes gràcies, avi».

Com deia ell, li va arribar la mort «com a to quisqui».

I com ell volia: quan va arribar, va ser tranquil.

És la mort més natural que hi pot haver. La d'una persona amb noranta-sis anys. Dic noranta-sis perquè faltaven dos mesos per al seu aniversari, i crec que dir que en tenia noranta-cinc és de mala persona. Amb els nens petits es compta l'edat per mesos, i a mesura que ens fem grans ho fem d'any en any. En una persona tan gran, potser ho hauríem de tornar a fer com amb els nens, aprofitant aquesta semblança tan bonica i tan curiosa entre la infantesa i la vellesa, dues èpoques tan diferents. Crec que s'ho va treballar prou a la vida per poder dir que en tenia noranta-sis! No vindrà de dos mesos!

Era molt gran, sí; jo no hi arribaré ni de broma! I, tot i que era molt gran, tot i que no va patir, i que podríem dir que la seva era una «mort anunciada», per qüestió d'edat, doncs tot i així, plorem. I sentim pena. I ens fa ràbia. I és normal, i ho entenc, però alhora, no ho entenc.

És com si mai, mai, mai estiguéssim preparats perquè passi això. Tot i que sabem que passarà, quan arriba, ens agafa per sorpresa.

Em poso a imaginar com si fos un nen petit, com el meu cosí: sabeu quin seria el meu ideal utòpic? No sentir tanta pena.

Si no tinguéssim aquesta por a la mort, si no li donéssim l'esquena, si la veiéssim com una cosa més integrada i la visquéssim amb més naturalitat, quan algú gran morís com va morir l'avi diríem: «Doncs res, l'hem gaudit molt, que bé. I acceptaríem amb un somriure que s'ha acabat. Acceptaríem que forma part de la vida. Plorant? Una mica, va, i ens posaríem una mica tristos, però poquet.

Sé que pot semblar molt fred, el que dic, i estic jugant, però crec que sentim més tristesa del compte perquè no som conscients de com en som, d'efímers. Sempre pensem en l'endemà. Demà farem això, demà passat anirem allà. «Okey, ja ens farem un truc», convençuts que l'endemà ens podrem trucar si volem. I la veritat és que la majoria de dies és així, fins que un mor.

I llavors, oh sorpresa!, recordes que això no dura per sempre i que has anat deixant passar els dies com si res.

Tinc la sensació que, al cap d'un temps, quan ja ha passat el dol gran, la ràbia i tot el que hagi de passar, tornem a córrer i a oblidar que som efímers. Llavors tornem a dir: «Okey, ja ens direm alguna cosa», i altra vegada deixem passar els dies com si res, fins a la següent mort. I ens tornem a sorprendre, perquè havíem fet tants plans per al futur!

Dos dies abans que l'avi morís, la meva mare em va trucar per explicar-me que l'avi havia tingut una altra «apagada d'iPhone». No m'ho va dir així ella, així és com ho entenia jo. També em va dir que, després de passar el matí a l'hospital, va acceptar que ella l'anés a buscar amb la cadira de rodes i anessin a fer un volt, cosa que mai volia. «Sortir al carrer amb cadira de rodes? Ni pensar-hi!». Considerava que no era prou gran per fer-la servir. Igual que el dia que va dir que estava estalviant diners per quan fossin grans i ja passava dels noranta.

El cas és que van fer un tomb amb la cadira de rodes, va menjar xocolata desfeta, després un gelat... —«A lo grande», és clar que sí!—, i va voler tornar ràpid a casa per mirar una entrevista de TV que m'havien de fer. Aquell dia la meva mare explicava aquella anècdota com una gran aventura: quin munt de coses que havia fet l'avi!

També em va dir que havia pensat d'emportar-se'l a Rupit, on hi teníem una casa. Com que a ell li costava caminar i es cansava, feia temps que no se l'enduien, però després d'aquell dia d'aventura al sortir de l'hospital, va pensar que què caram!, tu, que havia de passar-s'ho bé i aprofitar el present.

«D'aquí un parell de setmanes, que és pont, me l'emportaré. Perquè, quantes oportunitats li quedaran a l'avi per poder anar a Rupit? Dues, tres?».

«O zero», vaig pensar jo. Us juro que soc optimista, però en aquell moment vaig tornar a pensar que confiem massa en el futur.

Creure que a algú de noranta-sis anys encara li quedaran dies per anar d'excursió a Rupit em sembla que és ser excessivament positiu.

És veritat que jo, d'altra banda, potser em passo. Ja feia anys que pensava que l'avi moriria. Quan fèiem el típic dinar familiar del dia de la Mona, pensava: «Per Nadal ja no hi serà»; i quan sèiem a taula per Nadal, em deia: «Per la propera Mona, ja no hi serà». I així van anar passant mesos i anys en què vaig anar gaudint de l'avi cada Nadal, cada Mona i a cada excusa que ens inventàvem per quedar.

Una de les primeres coses que em va dir la meva mare quan l'avi va morir va ser: «Quina pena, jo que el volia portar a Rupit». «No!», li vaig dir. És fàcil aferrar-nos sempre a allò que hauríem fet. Si pensem així, llavors, seeempre ens quedarà alguna cosa pendent. Sempre, sempre. Hem tingut molta sort de poder compartir tants i tants anys amb l'avi. I en vam fer moltes, de coses. Moltíssimes!

Coses que m'hauria agradat viure (llista 1)

De tot el que em va explicar l'avi, i tot el que he pogut tornar a recordar, mirar, llegir i passejar, hi ha algunes coses que m'hauria agradat viure:

• Veure'l actuar. Sentir com recitava quan feia de rapsode o com presentava els cabarets.

• Veure l'espectacle final que van fer durant la mili i poder riure d'aquell que anava vestit de pallasso fotent-li amb un a martell al cap. Allò devia ser digne de veure, segur.

• La vida al carrer. Quan era petit encara ho vaig viure una mica, tot i que els grans deien que ja no era el mateix. M'hauria agradat viure aquells estius que devia passar el meu avi quan era petit, sense joguines i inventant coses. És a dir, sent més lliures. Construir una pilota amb trossos de tela, anar al riu a banyar-se, veure com la gent gran treu cadires al portal i xerra. No patir per l'hora, no tenir por i jugar amb els nens d'aquí o d'allà.

• Els polos de gel que feien a les fires. Quan els meus avis van fer el viatge de noces per diferents pobles de la Manxa va coincidir amb la fira de Manzanares. Entre tot de parades, n'hi havia una amb una senyora que tenia una barra de gel i venia polos.

—Tu, no sé si lo has conegut, una barra de gel així, sobre una taula, i luego tenien una espècie de ribot (saps què és un ribot, no?), però especial. Lo passaven por el gel i, al passar-lo, feien virutes de gel; luego li posaven un palillo, lo apretaven, i sortia un polo. I allavons tenien ampolles de rosella, de menta, de jarabes, i deien: «De què lo vols?», i te tiraven el xarop aquell, i ya tenies un polo.

»Aquello lo va conèixer allà la Palmira i li va fer gràcia, porque aquí això no lo havien vist. Yo no sé si això encara lo segueixen fent o no. Crec que no ho faran, aquello era molt primitiu.

• Que m'omplissin la butxaca de cacaus a l'entrada del cine.

• Que el cine fos tan barat com llavors i poder veure dues pel·lis seguides. L'avi ho va descobrir quan va arribar a Vilanova, i fins i tot va escriure a un amic seu d'Alcázar: «Hostia, aquí hacen dos películas ¡y cuesta lo mismo!».

• Anar a ballar amb música en directe!

—Unes orquestrasses, que venien! Estaven compostes por vuit o deu músics, eh? I, escolta'm!, los balls estaven fets con orquestres boníssimes que rodaven per tot Espanya. Però bones, eh? I tocaven molt bé.

Haver de treure una noia a ballar m'hauria fet vergonya, però, ballar per qualsevol excusa? Ho faria ara mateix. A l'envelat, en una sala, al carrer o davant del mar.

• Que els avis llegissin aquest llibre.

Aquesta història són moltes històries

L'avi sempre m'havia explicat la seva història. L'àvia, no. Ella mai no em va dir res que tingués a veure amb la guerra; ni amb l'abans, ni amb el després. Jo sabia coses de la seva família i de quan ella era jove i treballava de perruquera, però no em va explicar mai res del seu germà, que va morir a la guerra, ni d'un altre germà que es va escapar a França i no hem sabut mai del tot què va passar.

Ella sempre deia que eren coses de patir i que si en parlava després no podria dormir. És el mateix que diu la meva mare quan vol veure una pel·li: «Però que no sigui de patir, eh? No em cal».

Amb el temps he anat sabent totes aquelles coses de les quals la meva àvia preferia no parlar, perquè me les han explicat després la mare i els tiets. De fet, a ells el seu avi tampoc els havia parlat mai de la guerra. De trens sí, tant com volguessin, però fins que no van ser grans, no van saber que havia estat a la presó.

Diuen que ho sentia com una deshonra i que tenia por de parlar-ne. Devia ser dur recordar-ho.

Mentre escrivia el llibre vaig quedar amb els tres fills dels meus avis —la meva mare, el meu tiet i la meva tieta— per veure si em podien explicar més coses dels seus pares. Volia saber què recordaven; com els recordaven.

Va ser tota una tarda on no van parar de parlar, anant d'un tema a l'altre i mantenint tres converses alhora, cosa típica en aquesta família. Un tema portava a l'altre, i aquest a un altre, i llavors tornàvem a un altre tema que havia sortit al principi, però tota l'estona amb una energia i unes ganes de compartir-ho tot que era bonic. Entre riures i records em vaig assabentar de coses que no sabia. Amb el que em van explicar la mare i els tiets, el que m'havia explicat l'avi a la gravació i tot el que jo havia viscut amb ell i l'àvia, vaig poder anar reconstruint la història que heu pogut llegir.

D'històries com la del meu avi n'hi ha moltíssimes. Avis d'aquesta generació que van viure una guerra, una postguerra i una dictadura. Que van viure tot allò que jo només he vist en documentals i he llegit en llibres, i que per més que intenti imaginar-m'ho, no sabré mai realment el que és viure-les en pròpia pell.

Històries de tanta gent que va haver de marxar del seu poble després de la guerra. Que els en van fer fora. De molts que, com ell, van arribar a Catalunya.

A l'arxiu d'Alcázar ja estan acostumats que els arribi gent de diferents llocs d'Espanya preguntant per familiars que van néixer allà. Com deu passar a molts més pobles, amb moltes més famílies.

I no és que la vida del meu avi sigui més especial que la de ningú. Només és la que he viscut jo. Espero que us pugueu fer vostra aquesta història que us he explicat i que la sentiu ben propera. Que us ajudi a recordar les vostres històries, les vostres anècdotes; i que, si no les sabeu, us vinguin ganes de saber-ne més.

Sigui com sigui, crec que és bonic i necessari que no s'oblidin les coses que van passar. Que recordem els que han viscut abans que nosaltres i que, per un seguit de circumstàncies de l'atzar i el destí, han fet que ara estiguem aquí.

Coses que tornaria a viure (llista 2)

Hi ha coses que ja he viscut, però que m'agradaria tornar a viure.

- L'àvia preguntant-me pels meus fills i jo inventant-me una història diferent cada cop. Ella ja sabia que era un joc, però hi jugàvem igualment.

  —I no han vingut, els teus nens?

  —No, estan amb la mare a Bilbao. Tots tres.

  —Ah!, que no en tenies només dos?

  —Sí, però en vaig tenir un altre amb una altra noia.

  —Ah, sí? I d'on és, aquesta?

- Que l'àvia, igual com ara fa la mare, m'oferís menjar tota l'estona, fins i tot també mentre estic menjant.

- El suc de taronja natural que m'animava a prendre a la tarda, espremut, «que és molt bo i va molt bé».

- Les galetes maria amb una mica de mantega i xocolata ratllada per sobre.

• Els flams amb caramel dur per sota que preparava per a tots els nets i les piruletes que feia amb el caramel que li sobrava.

• El fricandó amb patates. Uf, quines patates: «Fes-ne moltes, de patates!».

• Anar amb l'avi al camp el cap de setmana, aquell camp on ara hi ha pisos, i disparar amb l'escopeta de balins, jugant a fer punteria amb llaunes i ampolles. Llavors no sabia que allò seria un gran entrenament per després anar a les fires i poder presumir davant dels amics encertant totes les boles.

• Aquell dissabte que, fent el típic dinar familiar a casa dels avis, va trucar a l'intèrfon l'Expomobi, una empresa que portava un sofà que havíem demanat.

Dels nervis, l'àvia va començar a cridar: «L'Expomobiii!!! L'Expomobiii!!!». Encara ara riem recordant com vam riure. Tothom corrent i repetint aquest crit mentre desmuntàvem la taula tot cantant la típica cançó de circ. El crit de l'Expomobiii!!! ja es va quedar com un joc, i cada cop que hi ha crits, per qualsevol cosa, cridem «l'Expomobiii!!!».

• Que l'àvia vigilés mil·límetre a mil·límetre el peix que m'estava menjant perquè no m'hi trobés cap espina.

• Trucar a l'avi cada cop que anava amb cotxe cap a la ràdio i parlar molta estona, sense pressa. Que em digués què li semblava el programa —bàsicament em felicitava—, i parlar de qualsevol cosa que passés al món, de què feia jo, de com estava ell... Això va durar una mica més de mig any, des que vaig començar a la ràdio fins que va morir, però es va convertir en un petit ritual que, més d'un cop, he trobat a faltar.

De fet, alguna vegada, anant amb cotxe, he pensat: «Ara podria trucar a l'avi». Però no, no es pot. Durant uns segons et ve l'impuls, però llavors recordes que, això, ja fa mesos que no es pot fer. A tothom de la família li ha passat alguna vegada, i quan algú ho explica sembla que t'estiguin dient: l'he cagat». Però jo crec que no, que no ens podem sentir malament, per això. Li hem trucat durant anys, molts! Moltíssimes trucades fetes seguint un impuls sense pensar, fins i tot a vegades com una rutina.

De cop, un dia, ell ja no hi és, però això no fa que a tu et desaparegui l'impuls. Després de tants anys, és molt normal que et surti com un acte reflex.

I sí, a vegades també parlem en present: «A l'avi li agrada molt això. Aix! Li agradava!».

No cal canviar-ho d'un dia a l'altre; és normal que et surti aquest impuls, perquè són coses que has fet durant molt de temps.

• Els estius, quan els pares anaven de gira i marxàvem tots junts amb la rulot cap a Calella, Sant Feliu, Palamós, Blanes... Els avis també venien, per cuidar-nos mentre els pares actuaven, i passàvem el dia al càmping. La meva àvia, quan anava en cotxe, sempre es marejava; però amb camió, i si era per anar a passar l'estiu junts, ja era una altra cosa. Li encantava.

L'avi anava cada dia al mercat a comprar per poder fer una barbacoa. Cada dia. Recordo la barbacoa, anar a la piscina, conèixer nens, les bicis... i anar tot el dia en banyador. L'estiu en família.

• Tornar a jugar al dòmino i que l'avi m'expliqués les tàctiques que has de tenir en compte per guanyar ; i jo, un altre cop, no entendre res.

• Tornar a llevar-me un diumenge a casa els avis i esmorzar junts xurros amb xocolata desfeta.

He tornat al mateix terra

He tornat a Alcázar. Aquests dies estan de «feria y fiestas». Passejo per una fira grandíssima, plena de parades que no havia vist mai. Parades de menjar, d'atraccions, de tómboles i bingos.

Passejar uns quants dies per aquí està sent bonic, perquè l'avi n'havia parlat molts cops, d'aquesta fira, i aquest ambient m'encanta. Tants llums, tanta música i tanta gent divertint-se. Els grans tornen a ser nens, jugant a qualsevol cosa, i això sempre és bonic. I necessari!

He tornat a Alcázar i, ara sí, he menjat xurros. La fira és plena de parades de xurros amb moltes taules per seure. Fileres i fileres de taules plenes de gent. Volia menjar-me'ls per esmorzar, però fins a les nou del vespre no han obert. La gent menja xurros amb xocolata a les dotze de la nit, tan tranquil·lament.

Assegut en una taula de la xocolateria-xurreria Jiménez, per fer honor al cognom, he demanat dues porres i un got de xocolata desfeta. Bé, no us vull enganyar: he menjat *porras*, que és una variació dels xurros. És el que sempre menjàvem amb l'avi. I, entre nosaltres, ho he fet amb una samarreta imperi seva que em vaig emportar quan vam buidar el pis. No m'ho pensava, que me la posaria, però és tan còmoda... A més, m'agrada.

Mira que em feia gràcia, menjar xurros allà al poble, a la fira, però quan ja havia menjat mitja porra, ja no podia més! I m'agraden, eh? M'ho he acabat com he pogut, per la il·lusió!

Al marxar m'he fixat en un senyor i una senyora gran que s'estaven menjant una safata plena de porres a les tantes de la nit.

He trucat a la meva mare i, mentre li explicava tot el que havia vist, he tornat a passar per davant d'una parada que feia una olor...! Una parada plena d'uns pots grans de ceràmica amb tot tipus d'olives. Una olor d'oli i de vinagre molt fort. I la mare que diu: «Deuen ser les *berenjenas de Almagro*, que a l'avi li encantaven!». Llegeixo el cartell i sí, és exactament el que hi diu: BERENJENAS DE ALMAGRO. Ah! És veritat, recordo que l'avi me n'havia parlat!:

—Havia unes olles grans, así, plenes de lo que diuen allí «berenjenas». Les has provat, tu, las berenjenas en escabetx?

Doncs no, i aquesta olor no sé si m'agrada o em tira enrere.

—Pues són molt bones! Si t'agrada el escabetx.

»Aquelles olles immenses estaven plenes, i el tio allà al lao con un pinxo, pinxava una, i allà mateix tu l'agafaves, l'hi pagaves i te la menjaves. Era molt popular, allò.

És exactament el que estic veient. Hi ha una mena de galledes d'escombraries escampades per davant de la parada i la gent es menja les albergínies ajupint-se una mica perquè el suc caigui a dins del cubell. És una imatge curiosa, veure'ls menjar-s'ho allà mateix vigilant de no tacar-se.

—Penso que encara estarà, però ya dintre de un bar. Allò era callejero, saps? Como fer xurros. Posaven una paradeta por allà i començaven a fer xurros.

Doncs mira, avi, això no ha canviat. Segueixen les parades de xurros, amb taules plenes de gent durant tota la nit. I sí, també segueix havent-hi la parada de «berenjenas de Almagro».

M'hi he quedat uns dies, per Alcázar. M'ha agradat descobrir un poble que m'era conegut i desconegut alhora. He pogut comprovar que el carrer comercial que em va espantar el primer cop que vaig venir només és un de molts carrers i que després hi ha molt més poble. I que, tot i que segur que ha canviat moltíssim des de l'època en què hi vivia l'avi, algunes coses, com la fira i el menjar al carrer, encara perduren.

Aquests dies també he parlat amb el Javier, el net del tiet Pedro que van afusellar. El primer cop que vaig venir a Alcázar hi vaig parlar per telèfon. Fins aleshores no havíem tingut contacte, i està content que s'expliqui la història del seu avi.

Hem tornat a comunicar-nos, ara a través de mail, li he preguntat moltes coses del seu avi i me n'ha ensenyat moltes fotos, fins i tot un cartell d'un espectacle «taurino-cómico-musical» on actuava el Pedro. Així que sí que actuava, sí!

Li he pogut preguntar si ell va arribar a conèixer el famós Quintanilla. I sí, és clar que el va conèixer. Diu que va ser com un avi per ell. No va ser fins anys després —i en part gràcies a parlar amb el meu avi, que li va explicar moltes coses que no sabia— que va començar a saber tota la veritat. En un mail m'ha dit això, que trobo molt bonic:

Leyendo los escritos de mi abuelo desde la cárcel, siempre le achacaba a Quintanilla que no hizo todo lo que pudo por salvarle la vida, por no significarse en la Falange por interceder por un rojo…

Yo creo que precisamente por ello, y por los remordimientos que debió tener toda su vida, intentó compensar su mal hacer volcándose y ayudando a su cuñada (mi abuela Petra) y su sobrina (mi madre Olga). Nosotros éramos niños y nada sabíamos.

Escriu igual de bé que el seu avi. Quedarem d'aquí poc amb el Javier i els seus germans i així ens posarem cara. Està sent bonic fer aquestes connexions.

Marxo d'Alcázar sense haver-me enamorat d'una *alcazareña*. No passa res, seria forçar massa el destí.

Hi tornaré, com he tornat a recordar tota aquesta història.

Hi tornaré més d'un cop, i no marxaré mai més d'aquesta història.

Intentaré copiar l'avi i miraré de gaudir de la vida abans de jubilar-me, perquè no sé si hi arribaré. Perquè no sé quant de temps seré aquí; i, mentre hi sigui, vull veure el mar tant com pugui, i pintar, i escoltar la ràdio, i llegir, i actuar i riure amb la família, i viatjar i estimar i, si pot ser, que la por em vagi marxant. I, si pot ser, que quan em toqui marxar a mi, ho pugui fer feliç i que m'agafi tranquil.

Epíleg amb llum

Al pis dels avis hi ha llum.

La mare m'ha dit que cada cop que passa pel carrer i hi veu llum, li fa cosa. Hi ha llum en aquell pis on vam viure tantes coses. En aquell pis que després vam buidar i vam vendre.

No sabem qui són, els que hi viuen ara, i ells no saben la vida que hi va haver allà abans d'ells: els dinars i els riures que hi vam compartir; les hores que l'avi hi va estar pintant; els cops que l'àvia em va acariciar la mà o les mil històries, que cadascú de la família recorda a la seva manera.

M'he adonat que ja no miro cap amunt, com feia cada cop que passava a prop de casa els avis quan ells hi vivien. M'agradava comprovar que hi eren i somreia. Ara he perdut el costum… o potser ja m'hi he acostumat.

Els que hi viuen ara no saben que al balcó on abans jo sempre mirava si hi havia llum hi havíem fet puzles amb l'avi i els cosins. Ni que a l'habitació del costat, on també es pot veure el llum encès des del carrer, hi tenien la rentadora. I que un dia, quan era petit, hi vaig tirar patates i la brusa de l'àvia va sortir de color marró, i ens va servir com a anècdota per riure uns quants anys. Tants anys, que em pensava que el culpable havia sigut el meu cosí. Però no: la família al complet m'ha reconfirmat que vaig ser jo.

Tampoc sabran que una finestra més enllà, la que ara està a les fosques, acostumava a estar sempre il·luminada, perquè l'avi es passava hores i hores dins d'aquella habitació pintant i escoltant la ràdio. La finestra següent, la de la dreta, és la que s'encenia quan els avis anaven a dormir.

Els nous inquilins tenen uns llums encesos que ja no ens pertanyen i que només ens poden portar records. Algú altre ha fet casa seva del que abans era casa nostra; i nosaltres ja no sabrem res del que passarà allà dins.

Els que hi viuen ara trepitgen un terra amb moltes coses viscudes, donant-li una nova vida, amb moltes coses per viure.

Guillem Albà Jiménez